孙 了 红 侦 探 小 说 系 列

# 蓝色响尾蛇

孙了红　著

中国文史出版社

# 孙了红和他的侦探小说（代序）

## 从"东方亚森·罗苹"到"侠盗鲁平奇案"系列

　　民国时期的侦探小说创作，大致可以分为两条脉络：一是模仿福尔摩斯探案系列的"侦探＋助手"的基本组合（福尔摩斯＋华生），比如程小青的"霍桑探案"、陆澹庵的"李飞探案"、张天翼（无诤）的"徐常云探案"等等；二是对法国作家勒伯朗所创造的"侠盗"亚森·罗苹的形象与故事进行本土化移植与改造，比如张碧梧、吴克洲、何朴斋等人都创作过以"东方亚森·罗苹"为主角的侦探小说，而在第二条脉络中，成就最高也最为读者所知的就是孙了红和他的"侠盗鲁平奇案"系列。

　　孙了红是与程小青齐名的民国侦探小说作家，二人并称"一青一红"，早期所创作的侦探小说也分别被称

1

为"东方福尔摩斯"系列与"东方亚森·罗苹"系列。侦探小说作为一种舶来小说，1896年才首次翻译进入中国，因此程小青与孙了红在二十世纪一二十年代首次执笔创作侦探小说时，可以说几乎是在面对一个全新的小说类型，其学习、借鉴与模仿的过程必不可少。但作为极具个人抱负与原创性的侦探小说作家，"一青一红"在熟悉了侦探小说创作的基本规律之后，就各自开始尝试突破西方侦探小说的框架模式，而在自己的侦探小说作品中加入越来越多的中国本土化元素以及作者个人的才情与风格。

孙了红从早期"学步"勒伯朗到后来试图加强小说原创性的转折点大概是1925年发表于《红玫瑰》杂志第二卷第十一期上的小说《恐怖而有兴味的一夜》。孙了红在这篇小说中虚构了一个自称"鲁平"的蒙面黑衣人深夜里来找自己，并且向自己严肃"发令"说："凡我将来造成的案子，你笔述起来标题只许写'鲁平奇案'或'鲁平逸事'，却不许写'东方亚森·罗苹'等字样，因为我不愿用这种拾人唾余的名字。"之后孙了红的"鲁平"系列小说就都取名"侠盗鲁平奇案"，而非此前的"东方亚森·罗苹案"了。可见虽然他所塑造的鲁平名字分明还是取自亚森·罗苹的谐音，但他已经明显是在不断朝着本土化的方向而努力，力图创造出一个专属于他自己的侠盗与名侦探形象。当时的编辑赵苕狂在文前小序中也说："这是第一篇，可算是他最近对于鲁平探案的一种宣言，也可算得是鲁平将要把东方亚森·罗苹的名号取消以前的一种宣言。"

## 神秘的"红领带"与流行文化元素

孙了红笔下的"侠盗鲁平"性格鲜明，形象突出，行为方式也是颇有个性：他自称"侠盗"，有着绝对醒目和与众不同的"商标"——永远打着鲜红的领带，左耳廓上有一颗鲜红如血的红痣，左手戴着一枚奇特的鲤鱼形大指环，酷爱抽土耳其香烟。但他同时又让人难以捉摸——他行踪不定，有着至少一百个名号，又有着高超无比的乔装易容手段，在江湖上被称为神秘莫测的"第十大行星"。鲁平既有着鲜明的形象定位，又在每一个故事中以不同的形象、姓名和方式登场（通过乔装打扮、改名换姓，甚至易容术），这个人物因此在读者心中有着足够的辨识度，同时又不失充分的吸引力。而鲁平亦正亦邪的为人风格，对于道德法律"随心所欲不逾矩"的行为处事方式也都颇得市民阶层读者的喜爱。

另一方面，孙了红的侦探小说还特别注重对于悬疑乃至恐怖氛围的塑造，这也正是孙了红小说中颇为引人入胜的地方：无论是《鬼手》中半夜伸向睡熟人的脖颈的那只冰冷的"鬼手"，还是《血纸人》中剖腹挖心的惨案、怨气冲天的哀嚎以及随着一阵焦枯味而出现的浸满了鲜血的"血纸人"，抑或是《三十三号屋》在房间里只留下一声惨叫便神秘失踪的男子及女子……从情节悬念迭生、阅读紧张感营造和阅读欲望刺激等方面来看，这些情节或描写都堪称典范，让人读起来兴味十足。

此外，孙了红在"侠盗鲁平奇案"系列小说中还颇善于借助当时最新潮、流行的电影文化来增强其小说的趣味性。电影在孙了红的小说里甚至常常成为故事的情节元素或内容组成。比如《鬼手》中男女主人公一起去看了一场外国电影Mummy's Hand，这是小说第一次提到"僵尸之手"或"鬼手"，并成为整个故事的源头，引发情绪的波动，继而拉开小说的序幕；又如《血纸人》中提到的电影《再世复仇记》既增强了小说悬疑惊悚的故事氛围，又对小说善恶终有报的主题进行了巧妙的结构性和主题式隐喻；在《三十三号屋》中，在一男一女先后在屋中离奇消失后，报纸上很快便刊登出了关于这一案件的报道，作者此时说道："这篇文字，比一张侦探影片的说明书，写得更为动人。于是，这前后两天的事件，更加吸引起了群众的注意"；同样是小说《三十三号屋》，鲁平发现对面阳台上摆出了一张精美纸板，上面画着七个小矮人围着白雪公主的图案，"原来，在这时期内，本埠的大小各电影院，正先后放映着那位华德狄斯耐的卡通新作'白雪公主'"；而在小说《乌鸦之画》的开篇，某公司地下餐饮部的一群年轻女服务员对鲁平究竟像劳勃脱杨、乔治赖甫德还是贝锡赖斯朋展开争论，她们既拿当时最流行最当红的好莱坞小生和鲁平做比较，还时时不忘用眼神与话语和鲁平调情，鲁平也经常向她们做出电影银幕上常见的"飞吻"手势。二十世纪三四十年代，大量西方电影，尤其是好莱坞电影涌入中国，从当时的报刊广告中我们可以发现，在小说发表时，《白雪公主》、《再世复仇记》、*Mummy's Hand* 都是刚刚上映不久的动画片或恐怖片，是最为新潮流行的文化元素和街头巷尾的热门话题。不难想象看过这些电影的观众们在小说里重新读到与之有关的情节时所感受到的那种亲切感和趣味性。

## 亭子间与咯血症的焦虑

孙了红的"侠盗鲁平奇案"绝对称得上是二十世纪四十年代上海最受读者欢迎的侦探小说系列。他在《大侦探》杂志上连载的《蓝色响尾蛇》甚至因为过于畅销，导致杂志加印之后仍然售罄，因而只能重新刊登第一次发表的内容以满足购买不到当期杂志读者的阅读需求，这在中国杂志发展史上也是很少见的现象。（《大侦探》第十五期在正常连载《蓝色响尾蛇》第二十一、二十二节时，又重新刊载了小说的第一至五节，并在文前说明了如此为之的原因："本篇小说于第八期起刊登，承读者不弃，该期于一周内全数销罄；乃于前月间再印四千册，至月底又告售完，而补书函件仍如雪片飞来。本刊发行人为接受多数读者之请，于本期重复刊登一次，俾未补得第八期之读者，仍可窥得本篇小说全貌。"）

但身为"畅销作家"的孙了红，生活经济状况却并不如意。一方面，他身居"亭子间"陋室，室内也近乎是家徒四壁：

他那间兼充卧室、病室、休息室，偶然间还权充一下膳室、客室、会议室的万能宝屋，式样很像一个亭子间。不过它的位置却并不在晒台之下，也不在晒台之上，而是相反地在五开间两厢的一个西厢的中部的上面。

……

书室，这一个名称是最适当也没有的了！室中无长物，除了一榻、一案、木椅数事之外，所有的无非是书。此外还有厚厚的一叠书的候补者——稿纸。（杨真如：《黄蜂窠下：记"侠盗鲁平奇案"作者孙了红之居》，《万象》第二卷第五期，1942年）

另一方面，孙了红在日常生活里有着对于香烟和茶叶的小爱好，但却因为"贫穷"而常常不能"尽兴"满足：

烟的名称和品质，是随时间的不同而有所变迁的。大抵在平常休息的时候，用的是普通品；在写稿而微感疲劳的时候，品质便要提高些；如其感到过分的疲劳，或者在一天工作结算的时候，那便要尤其高贵些。茶，据说以前也是很考究的；现在物价实在太昂贵了，不得不将就些，不过在普通之中仍不能不认为是属于比较上等的一路。（同上）

由此，我们似乎就可以进一步理解小说中烟不离手的鲁平，为什么只是吸一些在当时低等而廉价的土耳其纸烟了。

孙了红生活状况的窘困在其患咯血症住院后彻底暴露了出来：

孙了红先生因患咯血症，已由鄙人送之入广慈医院疗治，除第一个月医药费由鄙人负担外，以后苦无所出，甚望爱好了红先生作品的读者们能酌量捐助，则以后了红先生或犹能继续写作。（陈蝶衣：《编辑室》，《万象》第一卷第四期，1942年）

由于付不起住院费和医药费，《万象》杂志主编陈蝶衣自掏腰包，资助孙了红治病，并借助《万象》的平台，发起了一场非常感人的读者筹款募捐活动。而这种种生活窘境，都与孙了红笔下充满魅力的侠盗鲁平形象，以及其小说的畅销，构成了深刻的反讽。而孙了红的个人遭遇，无疑也是抗战时期生活在作为"孤岛"以及"沦陷区"的上海的中国作家们艰难处境的一个缩影。

最后，特别值得一提的是，作为一名有着较高艺术追求与自我要求的作家，孙了红一直在不断修改、打磨，甚至重写自己的作品，比如《木偶的戏剧》（1943 年）是《傀儡剧》（1923 年）的修改本，《囤鱼肝油者》（1944 年）则脱胎于《燕尾须》（1925 年），而《博物院的秘密》（1945 年）是由《白熊》（1924 年）经大幅度修订、完善而成。本套"孙了红侦探小说系列"主要收录孙了红改定后的小说篇目和版本，因而更能体现出孙了红侦探小说创作上最为成熟和完善的一面。

战玉冰　复旦大学中文系
2020 年 12 月 11 日作于上海

# 目录

蓝色响尾蛇

# 一　在深黑色氛围里

是秋季一个燠闷的夜晚，天上没有星，没有月，空气里面带着一股雨腥气，老天似乎正在考虑要不要下一场雨，把上海市的沉闷与污浊，痛快地清洗一下。

这个时日，距离战争结束已有几十天，上海市内的电灯，上叨原子炸弹的福，提早从龌龊的黑布罩下钻出头来，高高地爬上了 V 字形的架子，骄傲的光焰，正自耀得人们睁不开眼。

光辉之下，许多伟大悦目的镜头在展开：

若干抹着胜利的油彩的名角在登场，若干用白粉涂过鼻子的傀儡在发抖，若干写有美丽字句的纸张贴满了墙头，若干带有血腥气的资产在加上斜十字，若干大员们正自掩藏于胜利的大旗之后在竞演着一套著名的国产魔术，名为五鬼搬连法。他们吹口气，喝声变，变出了

3

黄金、珠钻；吹口气，喝声变，变出了汽车、洋楼；吹口气，喝声变，变出了其他许多不伤脑筋而又值得取获的一切……仓库在消瘦，物价在动荡，吉普车在飞驶，香槟酒在起泡，庆祝用的爆竹在渐渐走潮，十字街头的老百姓光着眼，在欣赏好看的彩牌楼。

各处五花八门的彩牌楼，似已逐渐褪色，可是彩牌楼上的灯光照旧直冲霄汉；灰暗的夜空，让这密集的灯光，抹上了梦幻那样的暧昧的一片红，这——这是胜利的光明！

然而除却闹市以外，好多的地方还是黑漆一团。西区华山公园，就是眼前最黑暗的一个角隅。

在白天，那座公园是可爱的，而在这个时候，一幅美丽的画却已泼翻了黑墨水，树石花草全部浸入黑暗，连轮廓也无法分清。

时钟的指针，将近十一点。园子内的任何部分，已不再有人。

公园的一角，有一带蜿蜒的土山，一部分贴近北部的围墙，约有半垛围墙那样高。这时，土山附近，忽有一颗红色的流萤，闪烁于树叶丛中，把那片广大的黑幕，刺了一个小孔。

一个魅影那样的家伙，穿着一套暗色的衣服，身子几乎完全融化在深绿色的氛围以内。那人正坐在山坡之下的一带灌木丛边，悄然在吸纸烟。一顶深色呢帽覆在他的膝盖上。

那人正是鲁平！

这样的时间，鲁平独自一个逗留在这个地点，当然，他的目的绝不会专在于欣赏黑暗。他不时抬起视线，穿过黑暗，望到围墙以外去。

围墙之外，有一带住宅区，那是先前从公园里划出去的一部分，阔度不到三十码，很像地图上的一条狭长的走廊。再外面，便是那条冷僻的公园路。

鲁平所注意的，是一宅青红砖杂砌的三层小洋楼，方方的一幢，式样已很古旧。晦暗的墙壁，却由密密的藤蔓代替了绿色的裸漆，显示这屋子的年龄，已经并不太轻。屋子右方有一片隙地，栽着少量的花木，成为一个小花圃。后方二三层楼，窗外各有一座狭长的阳台，白天站在这里，可以把公园中的空气、阳光与大片绿色，整个加以占领。屋子的结构虽然并不美丽，但是地点的确够理想。

住在这座洋楼中的幸福的主人，名字叫作陈妙根。

名字似乎很俗气，不像是个了不起的大人物，但是这个人的确很带着点神秘性，值得郑重介绍一下。他并无职业，却有相当忙碌的事务；他并无声望，却有相当广泛的交游；他并无恒产，却有相当豪华的享用。在上海市沦陷的时期，大众感觉日子不好过，他的日子过得相当好；当胜利降临的初期，大家以为将有好日子可过，他却垂头丧气，认为日子快要过不下；直到最近，大家又在慨叹着日子越过越难，他呢，恰相反，眼珠一眨，日子似乎过得更优裕起来。从多方面看，这位陈先生，似乎正是一个适宜生存于任何恶劣气候之下的人；或者说，他是一个相当会变戏法的人。

鲁平生平，很崇拜英雄；尤其对于善能运用各种魔术取得别人血肉以供自身营养的那种人，他都具有由衷的钦佩。而这位陈先生，却正是他的拜崇对象之一个，他久有此心，对这位魔术家，举行一次社交式的访问，可惜的是，机缘不太凑巧。

这个晚上，他正守候着一个比较适当的时机，准备走进这宅屋子中去。不过，他并不准备把一张拜访的名片，直接交给陈先生。

根据情报，有一批东西，包括小数目的条子、美钞与股票之类，暂放在这二层楼上某一角隅中的一只保险箱内。据说，这也是这位陈先生，运用什么魔术手腕，敲开了一个胡桃，变化出来的。东西运进屋子还不久，可能将于一个短时期内再被运走。这批资财，折合市价约值一千万元。

数字是渺小的。这个时日，钞票上的圈，依旧等于

6

美丽的肥皂泡。区区一二千万，在那些摇着大旗鼓舞而来的大员们的瞳孔之内，当然不值欣赏。但是鲁平，他一向是一个知足的人，他懂得东方的哲学；他深知这个年头，财，不宜发得太大；戏法，该从小处去变，那才不至于闹乱子。因之，他很乐意于出任艰巨，把这一笔躲在黑暗中的小资财，在一种不太伤脑筋的情况之下接收过来。

而且，一切情形，对于接收的工作是便利的。

若干天前，屋子里的人口，有着相当的密度，主要的是陈先生的第 X 号的太太，连同拖在旗袍角下的一些人，情形很热闹。而在最近，屋子里面似乎起过一次小风波，情形改变了。那位小型太太不再住在这个屋子里，连带带走了她的随员。因之，这个屋子在晚上的某一时间以后，二层楼的一部分可能成为无人地带。假使有什么人，愿意用点技巧走进去的话，那很可以为其所欲为。

总而言之，水是浑浊的，很适宜于摸鱼。

不过眼前还得稍为等一等。

现在，这整个漆黑的住宅，只剩下二层楼上的一个窗口之内，透露着灯光，那是屋子左方最外面的一道窗。也许，主人陈妙根还逗留在这个小型公馆里没有走。根据情报——鲁平对于任何交易，都有多方面的准确的情报——那位陈先生，最近的行动，很有点诡秘，他不大回来这所住宅，偶然回来，总在深夜的边际，逗留的时间并不会太久，而且，他的出入都只假手于钥匙，绝不惊动屋子里的人。鲁平认为这些情形，对于他的胃口配合得很好，他很表示感谢。

他不时仰望着那道有光的窗。

夜空殷红如血，天在下雨了，点子并不大。

他把帽子戴起来，遮着雨，重新燃上一支烟。

围墙之外，一部分的屋子，都已渐入于深睡眠状态，在止水一样的沉寂中，可以听到公园路上一两部人力车，车杠咯吱咯吱在发响，那声音带来了一种寂寞感。

忽然，有一串爆炸，起于街面上，整片的沉寂被这声响炸得粉碎。那是几个美国水手坐在两部三轮车上正把一大束的掼炮沿路抛掷过来。

砰砰砰！砰砰砰！砰砰！砰！

飞溅的炸声，配备着一阵美式叫嚣，自远而近，复自近而远。

砰砰砰砰砰！又是一连串。

这紧接着的一串，掼得更近，有一个特别沉闷的爆炸，好像几个掼炮并合在一起，又像这个声音，已炸进了围墙以内。头顶上，树叶簌簌地在发响，睡眠中的树木被惊醒了。

雨的点子，已渐渐加大。

鲁平伸了个懒腰，丢掉烟蒂，看看手腕的夜光表，长针正指着十一点三十五分。

　　响声过后，四周复归于宁静，这宁静大约维持了五六分钟，他听到那宅小洋楼的前方，有一辆汽车在开走。从马达的发动声里，可以辨别，那是一辆新型的汽车。不错。他知道那位陈先生是有一辆自备汽车的。他意识到那位神秘的汽车阶级正在离开他的公馆，抬头一望，果然，窗子里的唯一的灯光熄灭了，那宅屋子已整个被包裹在黑雾里。

# 二　太不够刺激了

现在他该开始行动了吧？不。

他先拖着怠惰的步子，走入另外一株树下站立下来。那株树有着较密的树叶可以躲雨。过去，他从不曾在这种黑色时间以内逛过公园，当前这片深绿，能使他的脑子获得一种美丽的宁静，他有点留恋。而主要的是，他还想稍微等一等。无论如何，像他这样的工作——接收，总以避免参观者的耳目为是。

于是他再吸掉一支烟，又消耗了十多分钟。

好，来吧，舒散归舒散，为生活，工作是不可放弃的。

他走近围墙，设法敲掉了砌在墙脊上的一些碎破玻璃，以免衣服被钩破。这个动作，由于不小心而发出了一点声响，但是不要紧，他以最敏捷的姿态越过了那道墙，转瞬他已隐入于墙内的最黑暗处。

小洋楼的后方，与围墙之间的距离，只隔一条狭巷，从左右两侧，都可以兜绕到前方。为了保持一个绅士应有的风度起见，他想，这深夜的造访，他该走前门。但是，在主人走出以后，或许有人会从里边加上了闩，这有点麻烦。走后门吧，后门近在跬步之间，当然格外便利。不过他的目的原在二层楼，与其进了屋子，仍旧要上楼，经济办法，那不如直接登楼。

好，就是这么办。

他向暗中凝视，墙上有道方形的排水管，和阳台的距离不到二尺远，真是一道理想的梯子。

雨又加大了。肩部已经湿淋淋，为躲雨，行动需要快一点。

他把帽子推起些，走近墙下，双手攀住那个排水管，一脚踏上墙根的勒脚，手脚同时用力，身子向上一耸，这是第一步。第二步，他的双脚已经支持在排水管的一个接缝上。再一步他已攀住通阳台下的一根排水支管，升起身子把脚踏在阳台的边缘。第四步，他却轻轻跨过了阳台的栏杆。

上楼梯，至少该跨十个梯级吧？而现在，他只跨了四级半，太简便了。不过攀缘之际，他的鞋尖曾触动过墙壁上的藤蔓，又发出了些响声，他却并不介意。

**11**

现在他已安然站在阳台上。

百叶窗是紧闭的。他明知窗里边的这一间绝不会有人，但仍侧着脸，凝神听一听，小心点总不会错。

于是，他取出了他的职业上的工具，施用外科小手术，先把那两扇百叶长窗轻轻撬开。然后，他再掏出另一器具，划破了里面玻璃窗上的一块玻璃之一角，他从破洞内伸手进去摸到了直闩的柄而把它旋动，他再从破洞里小心地缩回手，轻轻推开了那扇玻璃长窗。

他像一位深夜回府的主人，低吹口哨，悠然踏进了自己的公馆。

屋子里当然是漆黑的，但是不碍，公园路上最近的一支路灯杆，一片扇子形的灰黄的光，正斜射上这个屋子左壁的一道窗口，窗以外，夜的纤维与雨的线条交织成了一张网，雨网中漏进微光，可以看出这间屋子是一间精致的卧室，家具都是簇新的流线型。

这里一切布置，使他极感满意。

现在，他如果需要，他尽可以挑选一只铺有锦垫的舒适的椅子，坐下来休息一会儿了。但是，他并不，最要紧的一件事，他急于掏出一方手帕，拂拭着衣帽上的雨渍。他爱好体面，很注重修饰。他有一种哲学，认为这个世界上要做一个能够适应时势的新型的贼，必须先把外观装潢得极体面；虽然每一个体面朋友未必都是贼，可是每个上等贼，的确都是体面的。

人类具有一种共同的目疾，垃圾、污垢，都可以用美观的东西遮盖起来的。也正为此，鲁平虽在深夜外出，干着这样卑鄙的工作，照旧，他的衣饰还是很漂亮。

他的那套西装线条笔挺，衬衫如同打过蜡，领带当然是鲜明的红色，说句笑话，唯一的缺点，只缺少衣襟边的一朵康乃馨。

拂拭过雨渍以后，他再戴上帽子，把襟角间的花帕抽出来折折齐整，小心地插好。他又悠然地整理了一下他的那条领带。

他自己好笑，在想：假使此刻站在镜子之前照一照的话，他的外观，比之一位正从鸡尾酒会上走出来的大员，喂，有什么不同？

他的神经松懈得像鹅绒，正为神经松懈，才会产生许多胡想。由于他正想到自己像个神气活现的官，他忽然又想：为什么世上有许多人，老想做官，而不想做贼？一般地说，做官，做贼，同样只想偷偷摸摸，同样只想在黑暗中伸手，目的、手段，几乎完全相同。不同的是做贼所伸的手，只使一人皱眉，一家皱眉，而做官者伸的手，那就要使一路皱眉，一方皱眉，甚至要使一国的人都大大皱眉！基于上述的理论，可知贼与官比，为害的程度，毕竟轻得多！这个世界上，在老百姓们看来，只要为害较轻，实已感觉不胜其可爱！那么，想做官的人又何乐而不挑选这一种比较可爱的贼的职业呢！

思想在活动，步子跟着活动，他从那些家具的空隙里安详地走过来，小心着，不要碰到什么东西，破坏这个可爱的寂寞。一面，他在注视着这个黑暗的卧室中的一切，看一看有没有什么值得欣赏的收藏品。虽然他的主要的目的，是在另一角隅的一座保险箱之内。但是，如有顺手可以牵走的羊，只要不太累赘，那也不妨顺手带走一点。好在此时此地，都是免费的配给品，他很可以随便接收，不必出收据，只要愿意要的话。

这里看来并没有值得带的东西。他已轻轻走到房门口，从这里走出门口，那是由里向外，他只需要转一转门球，旋一下弹簧锁。他轻轻拉开了那扇房门，一手撩开上装插在裤袋里，唇间低声吹着婚礼进行曲。他感觉到今夜的工作简单得可怜，即使那种小规模的飞檐走壁，并不曾使他的脉搏增加为每分钟八十跳，而等一等，也只要撬开一座保险箱，把这保险箱内的东西照数带走就行，他预料到那步接收手续绝不怎样难。

关于保险箱，他是一个具有专家经验的人。他知道撬铁箱绝不像一般人所想象的那么容易。有许多保险箱的钢壁几乎等于一艘兵舰的装甲那样厚，尤其讨厌的是装着综合转锁的那一种，那需要使用烈性腐蚀剂，或者二碳氧火钻，甚至三硝基甲（TNT）。而今天，这都用不着。据情报，那座铁箱却是很"老爷"的一种，一柄小钻撬撬开要不了三分钟以上。

他在想，你看，做贼，这是一件何等轻巧的工作？拿钱，似乎比之花钱更少麻烦，更不费事！

他在黑暗中轻轻踏出那扇门，嘴里在自语："嗯，太不够刺激了！"

# 三　意外的高潮

从那扇门里跨出来，反手虚掩上了门，由黑暗进入另一黑暗。现在，他已置身在一条甬道之内，甬道的一端是上下两处口梯。左边的尽端有道窗，这和卧室左壁的窗户一样，面对着小花圃。这道窗，距离公园路上的灯光更近。光线从雨丝里穿射进来，照见这个甬道，地板擦得雪亮。四面听听，没有声音，这里充满的是空虚与恬静。

只有窗外的风雨，哗哗哗哗哗……一阵阵加大，一阵阵加密。

雨声增加心坎上的寂寞，真的，太不够刺激了。

对面一道门，门以内就是刚才透露灯光的一屋，也就是主人平时憩坐的一室，也就是情报中所提及的安放保险箱的一室。现在，不用太客气，只需请进去就行。

这一次是由外入内，单旋门球当然不行，他必须弄开那具弹簧锁。他的开锁手法绝不低劣于一个锁匠，转眼间，他已低吹口哨，推门而入。

奇怪，这间屋子比别处更黑。他的期待，这里该比别处亮一点，因为，刚才有灯光从这左壁的窗口射出，那么，这里距路灯更近，也该有光线从外面射入才对。为什么不？

他好像被装进了一个绝不透气的黑袋里。

好在，他是一个接收者，一般人痛恶黑暗，而接收者却欢迎黑暗，黑一点也好。遗憾的是他这样长驱直入毫无阻碍，反而有点"英雄无用武之地"之感。

他移步向前，继续吹嘴唇，继续在自语："太不够……""刺激了"三个字，还没有说出口，突然，有一种由黑暗所组成的奇怪的紧张，刺袭上了他的心，他觉得这间屋子里，有一点儿不对！他的步子突然地停滞在黑暗中。

有什么不对呢？

他是一个在黑暗中养成了特种经验的人，在他身上，似乎生着无形的触角，能在漆黑之中敏感到平常人所万万不能感觉的事。不要说得太神秘，至少，他的嗅觉或者听觉，已经嗅到或者听到了一些什么。

他尽力地嗅，仿佛有点什么异样的腥味，在他鼻边飘拂，再嗅，没有了。他又凝神听，他只听出了自己肺叶的扇动声。

窗外的雨声哗啦啦在响。

喊喊，喊喊，喊喊，喊喊……

一种微细得几乎听不出的连续的声音渗在窗外送进来的雨声里。是的，他听出来了，那是一只表的声音。表是应该附属在人体上的东西，奇怪呀！有什么人睡在这里吗？这里并不是间卧室呀。有人坐在这里吗？似乎绝不会有人竟有胃口默坐在这样黑暗的所在。那么，有人把一只表遗忘在这里了吗？

不知为什么，在这一个瞬间，他几乎预备旋转身子，立刻向后转。这不是胆怯，这是他的经验在指挥他。但是，他终于掏出了他的手电筒。

# 四　保险箱

起先，他没有使用手电筒，那是为不够刺激而想增加点刺激。现在，他使用电筒，却是为紧张太过而想减少点紧，虽然他还找不到他的突感紧张的理由毕竟何在。

他把手电筒的光圈向四面缓缓滑过来。

"哎呀！我的天！"他低低地惊呼了一声。

那支震颤了一下的手电筒虽然并没有从他手掌里跌落，可是他已立刻机械地把光头熄灭下来。

当前复归于黑暗，黑暗像有一千斤重！

他的额上在冒汗。

在电筒停留在对面某一个地位上的瞬间，光圈之内，画出了一张人脸。那张脸，灰黄的，眼珠瞪得特别大，似乎在惊诧着他的深夜突兀的光临，歪扭的嘴好像无声地在向他说："好，你毕竟来了！"

总之，搜索一生的经历，他从来不曾遇到过这样一张太难看的脸。况且那张脸，却还沉埋在一个可怕的黑暗里。

这不用多想，直觉先于他的意识在漆黑中告诉他，那个人，的确已经永久睡熟了。

鲁平呆住在那片沉重得发黏的黑暗里，他有点失措。他自己在讥讽着："好极了，朋友，太不够刺激了！"

在黑暗中支持过了约莫半分钟，这半分钟的短时间，几乎等于一小时之久。

情绪在达到了最高潮后，逐渐趋向低落，逐渐归于平静。已经知道，这屋子里有一尸体在着，那反使他感觉无所谓。死尸虽然可惜，无论如何，比之世上那些活鬼、应该温驯得多。

他的神经不再感到太紧张。

定定神，站在原地位上把电筒的光圈再向对方滑过去。这次他已看清楚，这具西装的尸体，正安坐在一张旋转椅内，躯体略略带侧，面孔微仰。左手搭在椅子靠手上，好像准备着要站起来。一双死鱼那样瞪直的眼珠，凝注着他所站立的地位；也就是那扇室门所在的方向。尸体上身，没穿上褂，只穿着衬衫。有摊殷红的污渍，沾染在那件白衬衫的左襟间，那是血，看去像枪伤。

他把电筒的光圈退回来些，照见那张旋转椅之前，是一张方形的办公桌。尸体面桌而坐，背部向着墙壁——靠公园路的一垛墙。光圈再向两面移动，只见这垛墙上，共有两道窗，窗上个个深垂着黑色的帘子。他突然返身，把电筒照着左方墙上即刻露过光的那道窗，同样，那里也已垂下了黑色的窗帘。这是一种装有弹簧轴杆的直帘，收放非常便利。现在，他已明白了这间屋内黑得不透气的缘故，原来不久之前，有什么人把这里三道窗口——至少是把面向花圃的一道窗上，那张曾经卷起过的窗帘拉了下来。是什么人把它拉下的？为什么把它拉下来？当然，眼前他还没有工夫去思索。

电筒的光圈滑回来，重新滑到尸体坐着的所在，把光线抬起些，只见壁上悬着一张二十四寸的放大半身照，照片是设色的。那个小胖子，态度雍容华贵，满脸浮着笑。样子，像一位要人正跨下飞机，准备要跟许多欢迎他的群众去握手。

他在看到这张照片之后，马上把光圈移下些，照照这具尸体的面貌，再移上些，照照那张相片的面貌。是的，他立刻明白了：这位安坐在旋转椅内斯文得可爱的家伙，正是这宅洋楼的主人陈妙根，因为照片、尸体，上下两张脸，相貌完全一样。

那具照相框相当考究，金色的、镶花的。墙壁上的裸漆也很悦目。这些，衬出了这间屋子中的线条之富丽，这些，也代表着这具尸体生前的奋斗与掠夺，享受与欲望。上面是照相，下面是尸体，中间隔开花花绿绿的一片——墙壁的空隙，这是一道生与死的分界线，两者间的距离，不到三尺远。

他暂时捺熄了电筒，痴站着，让黑暗紧紧包裹着他。

在黑暗中欣赏这种可爱的画面，欣赏得太久，他还有点眩晕。他巴巴地闯到这所住宅里来，对于接收死尸不会太感兴趣，这跟大员们巴巴地跨进这个都市，对于接收人心不感兴趣是一样的。他在想：朋友，走吧，别人演戏拿包银，你却代表悬牌，叫好，犯不着！

向后转！

他在黑暗中迅速地回返到了室门口。他准备向那具驯善的死尸一鞠躬，道声打扰，赶快脱离这个是非之所，赶快！实际上他几乎已经忘掉今夜飞檐走壁而来的最初之目的。可是他还捺着电筒向着四周最后扫射了一下。

有一样东西把电筒的光线拉住了！

嗯，那只吊胃口的保险箱，蹲在尸体斜对方的一个角落之中，箱门已经微启。

窗外的风雨，像在向他投射讥嘲，哈哈哈，哈哈哈！

鲁平只有苦笑。

一切当然用不着细看了。但是，他终于急骤地跳到那具保险箱前，把身子蹲下来。事实上，那具箱子倒很精致，并不像他预想中的那样"老爷"。撬开它是有点费事的，而现在，却已不必再费心。他拉开箱门，把电光灌进去，迅速地搜索，快看，内部有些什么？条子？美钞？法币？债券？……不，除了一些被翻乱的纸片以外，什么都没有。假如有的话，那将是手铐、囚车、监狱、绞架之类的东西了！

一阵奇怪的怒火突袭着他的心，砰！推上箱门，重重做出了些不必要的响音。他猛然站直，旋转身，再把电筒照着安坐在对面圈椅上的那位冷静的旁观者，他说：

"朋友，喂，是谁放走了你的气？连带放走了我的血！要不要报仇？起来，我们应该站在同一战线上！"

那具温和的尸体，脸向着门，默默地，似乎无意于发言。

风雨继续在叫嚣。

# 五　凌乱的一切

　　他把那扇保险箱门碰得开炮那样响，事实上是一点儿反响都没有。这使他意识到像这样的雨夜绝不可能再有什么好事之徒竟会闯进这地方来。暂留片刻，观察观察如何呢？或许，会有什么机会，可以捉住那只已飞去的鸟，那也说不定。

　　一定这么办。

　　他迅速走出室外，直走到甬道里的楼梯口，站住，倾听。

　　沉寂、沉寂、沉寂、沉寂铺满于四周，包括三层楼，楼下。

　　雨，似乎比先前小了些。

　　回进死室，碰上门锁，摸索着。插上短闩，他开始用电筒搜索电灯开关的所在。找到了，就在门边，顺手一扳，满室通明。

他感谢着三道窗口上的黑窗帘，掩闭着光，绝不会泄露。奇怪呀，这种帘子，看来还是以前在日本侏儒统治之下强迫设备起来的所谓防空帘，到现在，防空是过去了，防空帘当然也不再需要了；可是，这里还没有把它取消，为什么呢？一定是这屋子里的人，有时却还需要把室内的灯光遮起来，由此，可知这个地点，在平时也是充满秘密的。

现在他由黑暗进入于可爱的大光明之中。门是防线，窗是必要时的太平门，室内非常安逸，心神安定了许多。

一般人的印象，一向都以为这个拖着红领带的家伙鲁平，为人神奇得了不得，这是错误的。其实，他不过比普通人聪明点、活泼点。但，至少，他还是人，不是超人，他的神经，还是人的神经，并不是钢铁。因之，他在这个倒运的夜晚闯进这个倒运的屋子，出乎意外遇到了这样一件倒运的事，在他多少有点慌。直到眼前，他才有工夫透出一口气。他开始抹汗，掏纸烟，燃火，猛吸第一口烟，烟在胃里空虚得太久了。

他一边喷烟，一边向四下察看，他在想，不用太慌，观察应该慢慢地来，镇静是必需的。然而，却也不宜逗留太久，他绝不能忘却自己正是黑暗中的接收者——一个贼，天是终究真的要亮的！

好吧，择要观察，择要研究，先将室内主要的东西，看清楚了再说。

首先吸引视线的，当然就是展开在尸体面前的那只方形办公桌。桌子的两对面，各放着一张同式的旋转椅，现在，一张椅子里安坐着那具死尸，对面一张是空着的，桌子中心，有两具连同墨水盂的笔座，背向而放。两个座位之前，各有一方玻璃板。看情形，平时这张办公桌上，除了主人之外，另有一个什么人，在这里歇坐或者办点什么公。当然，独个人是用不着安置两副文具的。

不错，他记起来了——他曾听说，主人有一个诡秘的密友，出入常在一起。那人曾在日本侏儒手下当过荣誉走狗，是一枚受过暑气的蛋，大名叫作张槐林。可能这个办公桌上的另一座位，正是为这个荣誉人物而设备的。

再看桌面上，有一种刺眼的凌乱，各种杂物，大半部像逃过一次难，不再安居于原位。两具笔座，在空座前的一具七横八竖，堆积着四支钢笔；在尸体这边的一具，只有墨水盂，没有笔，那部电话台机，像被移动过了位置，转盘向着不二不三的角度。并且，电线已经割断了。割电线的器具，看来就是被抛掷在台机边的一柄剪信封的长锋剪刀，剪锋张开着。因这剪断的电话线，使他连带注意到下垂在桌子中央的一根电铃绳，绳端的揿钮也已剪下，这被剪下的揿钮，连同一小段绳滚在桌子的一角，靠向空座的这一旁。

鲁平在想，好极了！一道严格的交通封锁线，干得真干净！

他把双手分插在裤袋里，衔着烟，踱到尸体一旁，俯下脸看看那块玻璃板下压着些什么。哟，五光十色，很耀眼，全部都是女人的相片，没有别的。那些相片，设色的，不设色的，从一寸起到四寸的为止，全有。全部共分四个横行，排列得相当整齐。从这一组收藏品内可以看到，死者生前，对于女人具有一种相当精审的鉴别力。每张照片，或是线条，或是姿态，或是眼神，批分数，全都可以吃"超"，或者"优"，至少是"可"，没有像个柳树精那样丑陋的。有些照片嵌有美丽的名字，如什么鸟、什么燕，以迄什么玲玲、莉莉之类，内中有一张，特别题上了些使人失眠的字句，写的是"亲爱的阿妙，我的小乳牛"，下面是"你的珍"。嗯，多么那个！

鲁平看得兴奋起来，他脱下了他的呢帽，随手抛在一边。他把他的面孔凑近到距离死尸的鼻子不到三寸远，他独自咕噜着："在这个乱得一团糟的世界上，除却女人之外，太没有东西可以留恋了！喂，亲爱的朋友，你说是不是？"

死尸没有气力发声，瞪眼表示默认。于是他又代表死尸叹息一声说："有了那么多的女朋友，那么早，就向她们喊出 Goodbye，够凄凉的了，唉！"

他独自这样胡扯，实际并没有忘却他的正事。他目光灼灼，看出了这方玻璃板下，也正有些什么毛病存在着：在第三行相片的一端，有几张相片相距太远，留出了太多的空隙。下角的一部分照片，都有点歪扯，破坏了整个的匀称。是不是内中被拿走了一张了呢？看来，可能的。那么，这照片是不是就在今晚被拿走的呢？是的，这也可能的。那么，是不是这位陈先生的被杀，却还牵涉女人问题呢？这虽说不定，但也可能的。

总之，不管是不是，这一点应该记下来。

除了照片之外，玻璃板上放着一只金质纸烟盒，跟一盒火柴。纸烟盒内装的是小三炮。因这烟盒，却使他连带注意到尸体所坐的椅子附近，遗弃着两枚烟尾。拾起来看时，那是小三炮的烟尾，显然是死者自己所留。于此可以知道，死者在未遭枪杀之前，坐在这只转椅上，至少，却有吸去两支烟或者更多的时间。

此外，在玻璃板上，另外遗留着一支燃过而并没有吸过的烟——所谓燃过而并没有吸过，这需要加以说明，原来，那支烟的头上，半边的纸卷，已经被火熏黑，甚至已被烧残，另半边，却还没有燃着。这指示些什么呢？

可能的解释是：这位死者先生，他在拿起这第三支烟来取火燃吸时，他已预先知道，他的一只脚，已经踏上死亡的边线，因之，手在发颤，才会把这纸烟，烧成这个样子。

还有一点，这支烧残的烟，那是绞盘牌，跟两枚烟尾与盒内的烟不同。这是一个要点，很值得注意。

于是，他把这支烧残的烟，连同两枚烟尾，一同装入了那只金质烟盒。他向死尸点了一个头，算是道谢。然后，他把烟盒免费没收，装进了衣袋。

这是踏进屋子以后的第一件接收品。

# 六　两位来宾

他的注意力移转了方向。

从尸体身旁，走向对面那只空着的旋转椅边。这里一方玻璃板空洞洞的，远不及对面热闹。玻璃的一方，只压着一张四寸设色的女人照。对面玻璃板下，也有相同的一张。照片上签有一个西文小名，上款题得很客气："槐林先生留念"。鲁平想，自己猜得不错，这个空座，正是那只荣誉走狗的位子。

视线溜过来，他看出这张空的旋转椅上，刚才曾经坐过人。因为，玻璃板的左侧，放着一只玻璃烟灰碟。这个烟碟曾被抹拭得很洁净，但在一个插烟孔内，却插着大半只纸烟，碟内留有少许的纸烟灰。俯视地下，在旋转椅之左，也有一些烟灰遗留着。不错，他想，这张空椅上一定坐过人。

顺次再看过去。在转椅左方，地位略后些，有一只从靠壁移过来的克罗米把手的轻便沙发，斜对着方桌的一角，被安放得非常"不落位"。在这轻便沙发的一边，连带从别处移来了一架落地烟具架，烟灰碟子里也有少许烟灰，也有两枚绝短的纸烟尾，看来这里也曾坐过一个人。

综合以上的情形，给予鲁平以一种模糊恍惚的印象：当时，曾经坐在死者对面而跟死者谈话过一些时候的来客，一共是有两个，其中之一个，看来，那像是谈话的主角；另一个，从那坐着的地位上看，像是比较不重要的旁听者。

不管这些，他又掏出小册，记下来。

这时有个恍恍惚惚的问题飘进了脑内，他在想：会不会当时坐在这张空旋转椅内的人，正是那个名唤张槐林的家伙呢？会不会这件枪杀案，正是两个坏蛋，因为可耻的内讧而造成的结果呢？

他把桌下那只烟碟中所插着的半支残烟拿起来看时，这支烟的牌子，跟尸体面前所遗留的烧残的一支相同：大号绞盘牌。再把落地烟具架中所留的另外两支绝短的烟尾捡起来细看，烟的钢印虽已烧去，他把烟丝小心地剔出些来，凭着抽纸烟的经验，依然可以辨别，这两个烟尾，同样还是大号绞盘牌。

这四支烟，可能是两位来宾之一所自备的，因为，主人所备的，分明是小三炮。

由此可以推测，来宾可能也是相当阔绰的人。

另一特点吸引了他的注意，这四支烟，除却遗留在尸体之前的一支，其余两枚烟尾与半支残烟，头上都有一些颜色沾染着，鲜红的。

他的眼珠突然发亮，在想，嗯，这是口红。即刻的意念，重新闪进他的脑内：这事件是直接牵涉女人的，这三支烟，正是女人所吸的。

那么，刚才坐在死者对面的两位来宾，是否全是女人呢？

再细看，这三支烟的红色，全都成一角形，偏深于半边。他在想，那个女人，是怎样地衔着那支烟，才会留下这样的痕迹呢？这一问题，似乎并不太重要。较重要的一点是：落地烟具架上的两枚烟尾，为什么吸得如此之短？一个抹着口红吸着高贵纸烟的漂亮女人，样子一定相当漂亮——看了玻璃板上的那些照片，他的理由，相信吸这纸烟的女人，样子相当漂亮——会有这样吝啬的表现吗？难道，她竟不怕太短的纸烟尾，会使她的涂过蔻丹的纤指丧失美观吗？

他的空洞的目光向着那只斜放着的轻便沙发凝注了

片刻。他沉思，点头，微笑。微笑表示他对这个问题，已经获得了一个或然的解释。

　　他把那只刚接收的金质烟盒重新掏出来，把这两支绞盘牌的绝短的烟尾，与半支绞盘牌的残烟，一同放了进去，重新装好。

# 七　第三人

现在，所有室内遗留下的纸烟尾，包括绞盘牌的，与小三炮的，全部都已收藏进了他的衣袋。

然后，他自己乘机叼上了一支土耳其纸烟，他把自己吸残的烟蒂，随手抛进了桌上的烟灰碟。

他很有点孩子气，他在微笑，好玩地想，假使明天，福尔摩斯从惠斯敏德教堂的地底下走出来，走进这间尸室，侦探这件事，多少，他要感到头痛了。

已经扮演过侦探，不妨再当一次义务的验尸官，根据侦探小说上的说法，死尸，那是一种相当懒惰而不大会逃跑的东西，所以，检验手续不妨留在最后一步办。他喷着浓烈的烟，再从对面走起来，站定在尸体的左侧。

他把支持在椅子靠手上的那条尸体的左臂提起，放下，试一试尸体的僵硬程度。其实，他对这方面的知识，知道得并不多。他之所以这样做，那不过是要装像一个验尸官，在那里装模作样而已。

死尸的左臂，戴着一只手表，即刻在黑暗中嘀嗒，嘀嗒，给予他以最初的警觉的，就是这只表。解下来一看，牌子是著名的摩凡陀。奇怪，第一批的廉洁的接收者，如果目的跟自己相同，专为接收而来，那么，他们或她们，在收下了保险箱中的一批物资以后，为什么不顺手带走那只金质烟盒跟这手表？称为接收员的人，会有如是廉洁吗？不会吧？

他在想，看来这件事的主因，并不像为了单纯的劫财！

不去管它，这只表，总还值点钱，人弃我取，收下吧，何必太客气！

他向死尸道了个歉，把这魔凡陀表，谦逊地装进了衣袋。这是他所接收下的剩余接收品之第二件。

他又开始检查尸体的伤口。

尸体的衬衫上，那个子弹洞，并没有焦灼痕。可见发枪的距离，并不太近。看来那个业余刽子手，正是隔着方桌，向死者开枪的。为了便于察看起见，他把桌子上的那把长锋剪刀顺手抓过来，在尸体的衬衫上开了一个小方孔，他俯首，细视。

伤口在右乳之上。哎呀，那个弹孔，扯得如此之大，那是一支什么枪，会制造出这样的成绩来？

旋转了一下那张转椅，他把那具倔强的尸体用力推得俯下些，看一看背部有没有子弹的出口。嗯，有的。好吧，一不做，二不休，他在衬衫背部再剪了一个小方洞，以使空气格外可以流通些。细看，子弹的出口偏于脊骨之右，地位较入口略低，这显示子弹成一斜线穿过死者的躯体，而且凶手在发枪时，枪口是微微向下的。

他猛然仰直身子，目光凝注着对面那只转椅的右方，这地位，也就是他最初站在那里用电筒照见这具死尸的地位。他想，显然地，枪弹正是从这一个角度上发射过来的。那么，当时这间屋子里，除了坐着两位来宾以外，可能还有第三位来宾在着。那个人显然是站着开枪的。虽然说，起先坐着的人，后来也可以站起来开枪，可是看情势，那不如说另有第三人比较更为近情。

他一边忖度，一边蹲着身子。在转椅之后，去找那颗子弹。他在墙下找到了他的目的物，又在附近找到了那枚弹壳。细细看时，那是一种军用手枪的钢头子弹，式样有点特别。他口里轻吹着哨子，把这枪弹与弹壳放在掌心之内，轻轻抛起来，掂着它的分量，就在这个时候，他忽发现死者的右边的西装裤袋里，也露出着一支枪柄。抽出来一看，那是一支德国制的 7.65mm 口径的"Leuger"枪。枪膛里余存着五颗子弹，而保险机却扣住着没有开。这，似乎可以说明死者备着枪而不想拔枪抵抗的几个原因之一个，那原因之一或许是：情势上来不及。

# 八　怪声

还有，这支枪内的子弹，跟射杀死者的那一颗子弹，完全一样。而且，这种"Leuger"枪，出名有个恶毒的特点：它能在被射者的身体上制造出一个很大的伤口来。可知凶手用的枪，跟死者所备的这一支枪正是同式的。

据他所知，这种枪在上海地面上很不习见。他记得以前曾经听说过，纳粹恶魔快要屈膝之前，有一批留驻于上海的德国秘密工作者，被他们的盟友——日本人，以亲善的态度缴掉了械，所缴下的枪械之中，就包括着一批这样的手枪。其后，日本侏儒却把这批枪的一小部分，分发给了几个高级的中国走狗，以供残杀中国志士之用，这是这种枪的唯一的来路。除此以外，在别一条路上，不会有这东西。由此一点，可以推知，这位刚被送回家的陈妙根先生，过去，他跟日本侏儒也曾有过关系。进一步可以推知，那个凶手，也正是死者同伙中的一个人。像这样的推测，大概离题不会太远吧。

这时，那个坏蛋张槐林的名字，不觉又在他的脑角，轻轻地一闪。

他把这支枪，连同那颗子弹与弹壳，一同送进他自己的衣袋。嗯，这也算是倒霉的接收品之一。

他继续轻吹口哨，从尸体右侧绕过了方桌，踱到尸体的斜对面，就在那只轻便沙发之中坐定下来。接上他的烟，闭眼，养神，沉思。

窗外，雨的尾巴没有停，簌簌簌，簌簌簌。

公园路上偶然还有黏腻的车轮在滑过。

室内所有，只是静寂、静寂，再加上静寂。

静寂带来了一个问题，使他感到讶异，他知道这种穿大洞的"Leuger"枪，发枪之际，声音相当大。即使说，这屋子的二层楼上完全没有人，难道，三层楼与楼底，竟也没有人？就算这宅洋楼里面整个没有人，但在发枪的时候，公园路上的行人，应该没有完全断绝，附近的邻居应该不曾整个睡静，为什么竟没有人被这巨大的枪声所惊动？并且，那个大胆的凶手，为什么竟也并不顾虑到这一点？

他的眼球转动了一阵。

砰砰砰，砰砰砰！他的耳边好像浮起了一片幻声。他在露出微笑，他明白了。

他以静待理发那样怠惰的姿态，安坐在那只克罗米沙发之中，深夜的寂寞，使他止不住连连打哈欠。于是，他把疲倦的眼光，不经意地再度溜上桌面。

有一小叠对折着的一万元票面的伪币，在那部电话台机之下，塞住了一小角。起先，他早已看见，而并不曾加以注意。这时，他从沙发上面无聊地站起来，把这叠纸币抓到手里随便翻了翻。这叠纸币，除了最外层的伪钞，内中还有几张法币、几张美金，与两张一元的美钞。数目的价值，大概只够换几听纸烟。一个接收员是难得也会廉洁一下的，为了表示偶然的廉洁起见，他以不值一顾的态度，随手把这一小叠纸币，仍旧抛回到桌面上。

现在，似乎已经没有别的东西，再值得注意。雨仍在滴沥，死尸在沉睡，他的眼皮在加重。

看手表，时间已近一点三十分。

假使自己并不准备跟这死尸做长夜之谈的话，这该是可以动身的时候了，他想。

好吧，开步走。

丢掉了烟尾，伸个懒腰。轻轻吹着口哨，走到门口，当他拔出短闩，把那扇门开成一道狭缝时，忽然，他不知想到了什么，重新又回到尸体的一边，他揭起那方玻璃板，把那大批女人的照片，捋在一起，叠齐整，全数装进了他的衣袋。

这一举动，并无深意，那不过因为他是一个"色的爱好者"，他很愿意继承死者之遗志，把这一组收藏品，好好保留起来。散失了是未免可惜的。

顺便，他把那叠已经扔弃的纸币，一同装进了他的钱夹——记着，那只是顺便而已。

他向那位密斯脱陈，轻轻道声晚安，然后，拉开门，头也不回，扬长而出。

甬道里面还跟刚才一样静。

为了避免飞檐走壁的麻烦起见，他不打算再走原路。他大模大样走向那楼梯口，大模大样从楼梯上走下来。

快要走尽楼梯的时候，蓦地，他被一种来自黑暗中的细微而又沉闷的声音吓了一大跳。那种声音非常奇怪，像是一个鬼，躲在黑暗之中轻轻叹着气。

哎呀！这是什么声音哪？

他赶快把脚步粘住在梯级上。

细听，凭他的经验，他立刻听出，楼下正有什么人，被人塞住了嘴，禁闭了起来。不用多说，这是那些"来宾们"的杰作之另一种。

很多人知道，鲁平，他是一个具有仁慈心肠的人。

依他的本意，当然，他很愿意费点手脚，把这被禁闭的人解放出来。但是，他也知道：中国有种传统哲学，它会告诉你说，假如你在路上遇到了一个被撞倒的孩子，最聪明的办法，那莫如赶快躲避，你要多事，哼，你得负责。

一个聪明人，会愿意代负这种撞倒孩子的责任吗？不要多管闲事，走吧，朋友！

他退回到了楼梯口，想了想，他重新回上楼梯，重新回进那条甬道，重新推开那扇虚掩着的门——这不是尸室的门，而是最初他所通过的那扇卧室的，他重新退入了那间卧室之中。

他在那只流线型的梳妆台站定下来，看了看，却把妆台上的两小管口红，最后装进了衣袋，大概，这也是"顺便"吧？

然后，他从长窗里面踏上那座湿淋淋的阳台，仍旧利用那部理想的梯子，轻轻攀缘而下。

好吧，条子、美钞、股票，乘兴而来；死尸、惊恐、忙碌，败兴而归。一种免不掉的失望的心理，重新袭击上了他的心坎，使他不复顾及行动的悠闲。墙上的藤萝，积满着雨水，淋淋漓漓，把他那套漂亮的西装，弄成了一身湿。

他的样子，变得狼狈非常，不再像是一位正从鸡尾酒会上走出来的大官员。

　　假使这个时候，遇到一个人，看出了他的上台与下野时之不同，他要感到脸红了吧。

　　好在，转转眼，他的高大的身影，却已消逝于黑暗中，不会有人再看见。

# 九　纸币之谜

下一天的上午。

鲁平独自坐在一间小而精致的书室内，在悄悄然研究上夜里发生于公园路上的那件血案。他相信，假使他有兴致，愿意查究一下真相的话，至少，对于探访的路线，他是有点把握的。

那么，他愿不愿意，就以一个贼的身份，代表尊严的法律把那杀人凶手抓回来呢？

不错，他很乐意于把那个凶手找回来。但是，他却并不愿意代法律张罗。他一向认为：法律者也，那只是某些聪明人在某种尴尬局势之下所制造成的一种类似符箓那样的东西。符箓，也许可以吓吓笨鬼，但却绝对不能吓退那些凶横而又狡诈的恶鬼；非但不能吓退，甚至，有好多的恶鬼，却是专门躲藏于符箓之后，在扮演他们的鬼把戏的！法律这种东西，其最大的效用，比之符箓也正差不多。因此，要他维护法律，谢谢，他却没有这样好的胃口！他所着眼的是，只想找到那个以"Leuger"枪为玩具的"生命的玩笑者"，拍拍他，让他把已吮进的血，全数呕出来，于他却已感到满足了。

然而，这是需要花费一点儿相当的时间的。

问题是，找到凶手之后，能不能把那只保险箱中的赃物拿回来呢？拿回来的，能不能是赃物的全部呢？就算是全部吧，为了区区一千万元左右的数目，值不值得费上更多的麻烦呢？

他对这一问题的答案，只是摇头而又摇头，一整个的上午，他曾摇了好几次的头。

总之，他对这件事的兴趣，一丈高的水，已经退去了八尺半。

他准备无条件地放弃了。

但是，一到下午，他的已丧失的兴趣，却让那叠奇怪的纸币，重新吸引了起来。

那叠纸币，是他在尸室中的电话台机之下捡到的。上夜里的某一瞬间，他曾对这东西引起过一点儿小小的注意，因之，顺手牵羊，把它们塞进了衣袋。

今天，他偶然重新翻检，却使他感到了越看越奇怪。

那叠纸币，的确相当的可怪。不，该说是非常的可怪！

纸币的总数一共是十三张，内中包括：一万元的伪钞两张，一千元的法币五张，一百元的法币一张，十元票面的美金三张；最奇怪的是，内中还有美钞，那是一元券两张。

整个看来，这纸币是非常混乱的，混乱得跟现实社会上的人物一样，大人、先生、流氓、浑蛋，什么都有。而纸币，也是美金、法币、美钞、伪币，一应俱全。这真杂乱得可观。但从另一方面看，这纸币却又是非常整齐的，因为，这纸币的叠法，那是万归万，千归千，百归百，十归十，单归单；单数叠在十数上，十数叠在百数上，百数叠在千数上，千数叠在万数上，最后却又对折起来，粗看，只像是薄薄的一叠储备票。

为什么要把这些杂乱的纸币，整理成这样的方式呢？他在想，会不会这里面含藏着什么作用呢？

想想，这是不会的，不要神经过敏吧！但是，看看，实在使他感到太可怪。

他狂吸纸烟，纸烟并没有帮助他找到一个所以然。

他无聊地在旧书桌之前坐下，提起笔来，信手乱涂。他在一张白纸上面信手写着：伪钞二万元，法币五千一百元，美金三十元，美金二元。以后，又把票面上的数目胡乱加在一起，写成二万五千一百三十二元，一连写了好多个。

但是，这有什么意思呢？

最后他把这数目改写成阿拉伯数字25132，又写下了好多个。他无聊得大打呵欠。

一个外来的电话打断了他的疲倦，他通完话，抛下听筒在室内盘旋，吸烟，吹口哨。偶然他的身子站定在书桌前，视线却让那张乱涂过一阵的纸头吸住了。

他的眼珠闪出了光华。

他突然发觉，这个数字，很像一个电话号码。他想，会不会那曾杂乱而又整齐的纸币，真的隐藏着一个电话号码呢？

这样想时，有一种离奇的幻想，立刻闪进了他的脑内：

隔夜他曾推测，当那命案未发生之前，那间尸室中，至少曾有三个人，面对着死者。三人之中有一个人带着枪，或者不止一个人带着枪。死者虽也有枪，但已不及拔出。而且，电话、电铃，都已被割断，死者整个命，已被紧握在死神的手掌中，连呼救的机会也没有了。当时，死者处于这样的局势之下，他将发生怎样的念想呢？或许他会这样想：逃命，已经是不可能，退而求其次，能不能设法，留下点什么线索来，好让人家知道谁是杀死他的人。如上的想法，会有可能吗？是的，这或许是可能的。而且，在许多所谓侦探小说上，的确有过类似这样的方法的。据他所知，死者是个相当机警的人，可能他会抄袭一下这种方法，或竟自己发明这种方法的。

那么，这叠奇异的纸币，真的有些意思吗？

而主要的一点是，那叠纸币，恰巧又是被压在电话台机的一角之下，好像有意提示人家，对于电话加以注意似的。

如上的想法，虽然太幻秘，看来倒也头头是道咧。

不去管它是幻想，是理想，或是事实，拨一个这样的号码试试看，也不碍。

他以上海人所谓"打棚"的心理，跳向电话机边，照式拨了一个号码：25132。

他抓着话筒，兴奋而又好奇地倾听着。

嗡嗡嗡，有人在通话。稍停，再拨，还是嗡嗡嗡。

那只电话看来相当忙。

第三次拨，电话接通了。一个女孩子的声音，对方悻悻然地问："找谁？"

"你们是……"他反问。

"海蓬路二十四号。"对方立刻附加，"李小姐不在家！""吧嗒"，电话挂断了。

奇怪，没有人提到什么张小姐或李小姐，而对方却自动地说明"李小姐不在家！"可见那只电话，打给所谓李小姐的人相当多。够了！单这一句，已经够了！这时，他的脑内，立刻又跳出了隔夜在尸室中所看到的一些东西：第一是沾染口红的纸烟尾，第二是玻璃板下被移动的女人的照片。至少，这里有一个女人已经出现了。嗯，看来幻想已不再是幻想，可能幻想将要成为事实了。

他兴奋得快要跳跃起来！赶快再打电话。

这一次，他的电话是打给他的部下小韩——韩小伟，是一个二十四岁的机警活跃的青年，聪明胜过海狗，对于上海市内的人与事，知道得比仙人还要多。他的绰号叫作"上海百科全书"。不一会儿，他听得那部"百科全书"在电话里问道："谁？歇夫（Ckef，法文首领之意）吗？有何吩咐？"

"在你的'百科全书'上翻一翻，海蓬路二十四号，住的是什么人？假使你的版本上没有的话，你能不能设法查一查？"

"你问海蓬路二十四号？让我想一想，嗯，这……"对方略一沉吟，"这用不着查。那是一座孤单的花园小洋房，主人姓曹。"

鲁平在想，看来，那宅屋子一定很有名，否则，那部"百科全书"，不会记得如此清楚的。他说：

"啊，主人姓曹。那个屋子里，有没有一位姓李的小姐？大概是木子李。"

"有的，黎小姐。"对方立刻说，但是他又改正，"你记错了。那是黎明的黎。咦！歇夫，难道你连这位大名鼎鼎的交际花都不知道？"

"不胜惭愧之至！"这边带点讥讽，"她的芳名叫什么？请你指教。"

"啊，她的名字像你一样，多得不计其数：黎之华，黎桂珍，黎明眸，黎亚男，黎兰，黎……"

"不要再黎吧，我喜欢合，不喜欢离。"这边赶快阻止，"她的常用的名字叫什么？"

"黎亚男。"

"她漂亮吗？"

"漂亮极了！那还用说吗？"鲁平感觉到对方的馋涎，快要从电线上流过来。

"她有抹口红的习惯没有？"

"一杯水果圣代上面，不加上一颗鲜红欲滴的樱桃，那是缺少色调上的和谐的。你说对不对？哈哈！"

"她吸纸烟吗？"

"瘾头几乎跟你一样大。"

"你知不知道，这位黎小姐，她跟那个姓曹的屋主，是什么关系？"

"嗯，这，这倒不大清楚。大概她是寄寓在那个姓曹的家里的。而现在，她却差不多成了那宅屋子的主

50

人了。"

"你知道那宅屋子的电话号码吗?"

"当然,那是四七一一啊!"

"什么?"鲁平说,"四七一一?四个字的电话号码?"

"我是说,那只电话的号码,知道的人相当多,差不多是带着点四七一一的香味的。"对方在含笑,"且慢,让我想想看,好像二五……"

"二五一三二,对不对?"这边立刻给他接上。

"对对对,二五一三二。"

这时,鲁平兴奋得快要大叫。他紧抓着话筒高声说:"喂喂,小韩,你有方法调查一下这朵交际花常到的地方吗?"

"大概可以的。"

"那么,你赶快把她上夜里的踪迹调查一下,从九点钟起……不,可以从十点钟起,到十二点为止,在这两个钟头之内,她在什么地方,弄得清楚些。"

"为什么?"

"你不用管,四小时内我等报告。来不及的话,你让大菱白帮你去调查,行不行?"

"行!还有吩咐吗?"

"暂时没有了。"

呱嗒。

他放下听筒，狂搓着手。现在，他的幻想——不该说是幻想——差不多已在逐步变为事实了。他捺住兴奋，坐下来，吹哨，吸烟，思索。他觉得，那位陈妙根先生，他把那叠杂乱的纸币，代表了 25132 的数字，那真有点聪明。在死者的意想中，一定期待着一个什么人，那个人，是跟他具有同等的机敏的，一见到那叠压在电话机下的纸币，或许就会领悟，这是一个电话号码，而由这电话号码，也就立刻可以知道，谁是跟这凶案有关的人。好，真聪明的办法呀！

凝想之顷，他觉得他的理想，已经由点成线，由线成面，再把几个平面拼合起来，就可以成为一个立体，把握在手里了。

他高兴得了不得。

而同时，他也焦急得了不得。仅仅一小时内，他已看了好几次表，他急于期望着那个小韩能把报告提早些送回来。可是，电话机在墙上瞌睡，一点儿声音也没有。

就在这个时候，室门轻启，有一个人摇摇摆摆踏着鸭子式的步子，走入了室内。

# 十　老孟的报告

　　走进来的人，是个中年的矮胖子，一张橘皮色的脸，配着一个萝卜形的鼻子。加上一撮希特勒式的短髭。簇新的西装，质料很高贵，但是穿在身上，臃肿得刺眼。那个家伙，正是他的老伴——孟兴。

　　那张橘皮脸上抹着一脸笑。他把他的肥手抬着说："啊，首领你好。"

　　鲁平凝视着那枚鲜红可爱的鼻子说："哈啰，老孟，看你这副高兴的样子，一定又带来了不少的新闻啦，是不是？"

　　"嗯，新闻，多得衣袋里快要装不下。"对方拍拍他的凸起着的大肚子。

　　"为什么不去办个大号旅行袋？"

　　"假使每天都有这么多的新闻的话，我怕我得添备一辆送货车，那才好！"

"新闻竟有那么多？"鲁平好笑地说，"好，坐下来说。"

咯，咯，咯，一张轻巧的椅子在低声求饶，显见这位高贵的来宾，近来又增加了不少体重。鲁平把身子旋转些，望着他，等待着他的新闻。

"嗯，首领，你知道吗？"对方坐定之后，掏出一支相当于他身体一样粗肥的雪茄，夹在指缝里说，"那桩大敲诈案，已经成交了。听说，拍板的数目，是美金八十万。"

一个肥人，似乎不宜于举出太大的数字。因之，当他说出这个数目时，他有点气喘。他又补充："这件事的内幕，知道的人并不多。首领，你，当然是完全知道。"

"我倒并不知道咧。"鲁平半闭着眼，吸烟，摇头。他对对方这个情报，显然不感兴趣。但是他说："我的消息不及你的灵。好，听听你的吧。"

我的消息不及你的灵，这一赞美，却使对方的鼻子增了更加多的红光。于是，他把那支雪茄，作势凑近嘴，准备咬掉雪茄的尖端，但是结果，他没有咬。他说："这件事，说来相当长，事情的起源，远在半年之前，那个时候，德国鬼子正在节节退败，日本鬼子大概也已料到，他们再也不能打胜那个倒霉的仗。因之，有几个在华的军阀和财阀，曾把几批价值相当大的物资，陆续秘密移交一个中国女子代为保管。听说，那些物资，预备以后留作一种秘密的用途。至于什么用途，那却完全无人知道。总之，日本鬼子是出名具有远大眼光的。"

鲁平把纸烟挂在口角里。他对对方这套啰唆，装出了用心倾听的神气，"请你说得扼要些。"

"那个中国女人，名字叫黄美丽。"老孟挥舞他那支未燃的雪茄，有力地说。

"那大概是黄玛丽。"这边给他改正。

"嗯，是的，黄玛丽。她是一个手段毒辣的女间谍，专给日本办事，已有好多年。她的名头不及川岛芳子响，但是神通却比川岛芳子大得多。一向，她的踪迹飘忽无定，见过她面的人简直绝对少。听说，她曾嫁过人，年龄已有三十开外，面貌并不美。"

关于这个矮胖子所报告的事，鲁平知道所谓黄玛丽确乎有这个人，而且这个女人的神通确乎相当广大，但是，他并不相信，有什么日本鬼子会把什么庞大的物资交给她。他也绝没有听到过这个黄玛丽曾经被牵涉到什么美金大敲诈案。总之这是一个来自真空管内的消息而已。他嘴里只管"嗯嗯呃呃"，实际，他在期待着壁上的电话铃。他渴望着那部"上海百科全书"，能把他所需要的消息，赶快些翻出来。

可是老孟还在很起劲地说下去："这个黄玛丽，本人不在上海，但是她有很多的动产与不动产存留在本地。她还特派着两个心腹，代她负责经管一切。胜利以后，本市有个最大的敲诈党，深知了这个秘密，马上就向黄玛丽的财产代理人之一，摆出了一个'华容道'，非要她大大放血一次不可。对方的开价，最初就是美金八十万。喂，你听着，八十万，美金！"

老孟费力地说了这个数目，一看，对方的鲁平，两眼越闭越紧，快要入睡的样子。他赶紧大声说："现在，这笔生意成交了，美金……"

"是的，成交了。"鲁平赶紧睁眼，接口说，"八十万。"

"这么大的一注生意，"矮胖子兴奋地高叫，"难道我们不能动动脑筋，赚点佣金吗？"

"噢，赚点佣金？"噭咦，鲁平打着呵欠说，"你须知道，在这个年头上，最大的生意必须是官办，至低限度，也必须是官商合办，那才有'苗头'，而我们呢，只是安分守己的小商人，背后缺少有力的支持，那只好做些糊口的小生意而已。"

老孟一听，那撮希特勒式的短髭，立刻撅了起来。

鲁平赶快安慰他说："你既具有大志，想做赚美金的大生意，那很好。那么请你说说看，那个所谓敲诈党，是些何等的角色呢？"

"听说他们背后，是很有些势力的。"

"这是当然的。你把主角的名姓，举几个出来。"

"这——这个吗？我还不大清楚咧。"

"那么，所谓黄玛丽的财产管理人——那个被敲诈的苦主——又是谁呢？"

"这个嘛？……"

鲁平把双手一摊，耸耸肩膀。

矮胖子一看样子，觉得赚美金的生意，已经缺少指望。他把那支始终不曾燃上火的雪茄，凑近鼻子嗅了嗅，然后，小心地把它藏好，噘着嘴，站起来，准备告退。

鲁平赶紧说："怎么，老孟，你说你的新闻，要用货车来装，难道只有这么一点点儿？"

# 十一　第二种报告

老孟已经走到门口，一听鲁平这样说，赶紧回进室内。他伸出肥手，拍拍他的秃顶说："哎呀，我真该死，忘掉了。"

他把他的肥躯，咯咯咯，重新放进了那张不胜负担的椅内，重新又掏出了那支名贵的雪茄，重新夹在指缝里。一面问："昨夜里的那件离奇的血案，你知道吗？"

鲁平的眼珠立刻一亮，他假装不知，吃惊地问："什么血案？被杀的是谁？"

"被杀的家伙，叫作陈妙根。"

"啊，陈妙根，那是一个何等的角色呀？"

"那个家伙，究竟是什么路道，完全无人知道。大概过去也跟日本鬼子有过什么不干不净的关系。到现在，还是神气活现，抖得很，算是一个坐汽车、住洋楼的阶级咧。"

"啊，一个不要脸的坏蛋，难道没有人检举他?"

"检举? 省省!"那撮短髭一撅，"听说他是神通广大的。"

"嗯，这个封神榜式的世界，神通广大的人物竟有这么多!"鲁平独自咕哝。他问:"那个坏蛋被杀在什么地方呀?"

"公园路三十二号，华山公园背后一宅小洋楼之内，那是他的一个小公馆。"

"你把详细的情形说说看。"鲁平很想知道一些关于这件事的更多的消息，因之他向老孟这样问。

"详细情形吗? 嘿，那真离奇得了不得。"老孟一见鲁平提起了兴趣，他的那枚萝卜形的鼻子，格外红起来。他把那支未燃的雪茄，指指画画地说:"凶案大约发生于上夜里的十一点钟之后。据这屋子里的人说，主人陈妙根最近并不留宿在这个小公馆里。每天只在很晚的时间溜回来一次。上夜里回来得比较早，大约在十点半左右。"

老孟这样说时，鲁平想起了那两枚小三炮的烟尾，他暗忖，假使这个陈妙根的烟瘾并不太大的话，那么，消耗两支烟的时间，可能是在三十分钟至四十分钟之间。大概那个时候，那几位玩手枪的贵宾，却还不曾光降。

那么，现在可以假定，来宾们光降的时刻，或许在十一点钟左右。至于死者被枪杀的时刻，他可以确定，毫无疑义是在十一点二十分。由此，可以推知，来宾们在那间尸室中，至少也曾逗留过一刻钟或者二十分钟以上。照这样估计，大致不会错。

想的时候他在暗暗点头，他嘴里喃喃地说："嗯，差不多。"

"什么？"老孟猛然抬头问，"你说差不多？"

"你不用管，说下去吧。"

老孟抹抹他的短髭，继续说下去道："再据屋子里的男仆阿方说，主人回来的时候，照老规矩，一直走上了二层楼上的一间屋子——大概是会客室。看样子，好像他在守候一个人。不料，他所守候的人没有来，死神倒来了。结果，凶手开了一枪，把他打死在那间屋子里。"

"你说，他好像在守候一个人，守候的是谁？"鲁平着意地问。

"大约是在等候他的一个朋友，那个人，名字叫作张槐林，也是一个坏蛋。"

"那么，"鲁平故意问，"安知开枪的凶手，不就是这个名叫张槐林的坏蛋呢？"

"那不会的。"

"何以见得？"

"据那个男仆说他们原是非常好的朋友。"

鲁平在想，假使那只日本走狗张槐林并不是三位来宾之一的话，那么，陈妙根临死前那叠纸币的线索，一定就是特地为这个人而布下的。因为，陈妙根在未遭枪杀之前，原是在等候这个人。想的时候他又问："这个案子，是谁第一个发现的？"

"就是这个张槐林。"

"就是这个张槐林？"鲁平转着眼珠，"他是怎样发现的？在今天早晨吗？"

"不，"老孟摇头，"就在上夜里，大约一点半钟多一点。"

鲁平喃喃地说："前后只差一步。"

"你说什么，首领？"矮胖子抬眼问。

"我并没有说什么。"鲁平向他挤挤眼，"你再说下去。"

"本来，"矮胖子挥舞着那支道具式的雪茄，继续说，"那个张槐林，跟死者约定十一点钟在这屋子里会面。因为别的事情，去得迟了点儿，走到这屋子的门口，只见正门敞开，楼下完全没有人。他一直走上了二层楼，却发现他的那位好朋友，已经被人送回了老家。"

"陈妙根被枪杀的时候，屋子里有些什么人？"

"前面说过的那个男仆，还有死者的一个堂兄。"

"当时他们在哪里？"

"在楼下，被人关了起来。

"关了起来？"鲁平假作吃惊地问，"谁把他们关起来的？"

"当然是那些凶手。"

"那么，"鲁平赶紧问，"这两个被关起来的人，当然见过凶手的面目的。"

"没有。"矮胖子噘嘴。

"没有？奇怪呀！"

老孟解释道："据说，当时这两个家伙，在楼下的甬道里，遭到了凶手们从背后的袭击，因此，连个鬼影也没有看见。"

"你说凶手们，当然凶手不止一个。他们怎么知道凶手不止一个呢？"

"那两个家伙，被关起来的时候，曾听到脚声，好像不止一个人。"

鲁平点头说："不错，至少有三个。"

矮胖子奇怪地说："你怎么知道至少有三个？"

鲁平微笑，耸耸肩说："我不过是瞎猜而已。"又问："除了以上两个，当时屋子里还有谁？"

"没有了。"矮胖子摇摇头。

"奇怪。既称为小公馆，应该有个小型太太的，太太呢?"

"据说,太太本来有一个,那不过是临时的囤货而已,"老孟把那支雪茄换了一只手,"前几天,临时太太吃了过多的柠檬酸,跟死者吵架,吵散了。"

"吵架,吵散了?"

老孟连忙解释道:"那位临时太太,嫌死者的女朋友太多。"

鲁平暗想,那位临时太太,本来也该列入嫌疑犯的名单,但是现在,看来暂时可以除外了。想的时候他又说:"这个案子,从发生到现在,还不满一整天,你怎么会知道得如此清楚呢?"

矮胖子把那支雪茄,碰碰他的透露红光的鼻子,傲然地说:"首领,我是自有我的路道的。"

"伟大之至!"鲁平向他伸着大拇指,一面说,"你说这件案子非常奇怪,依我看,那不过是很平常的凶杀案,并不奇怪呀。"

老孟把雪茄一举,连忙抗议道:"不不!奇怪的情形,还在后面哩。最奇怪的情形是在那间尸室里。"

"那么,说说看。"鲁平把纸烟挂在嘴角里,装作细听,其实并不想听。

"死者好像曾和凶手打过架,衣服全被扯破,子弹是从衣服的破洞中打进去的。"

鲁平好玩地问："衣服到底是扯碎的，还是剪碎的？"

"当然是扯碎的。"老孟正色说。

鲁平微笑，点头，喷烟。他听对方说下去。

"那间会客室，被捣乱得一塌糊涂，椅桌全部翻倒。"

鲁平暗想，胡说！

矮胖子自管自起劲地说："这件案子的主因，看来是为劫财。死者身上值钱的东西，全数被劫走。还有，室内那只保险箱……"

鲁平一听到保险箱，多少感到有点心痛，连忙阻挡着说："不必再说尸室中的情形，你把别方面的情形说说吧。"

矮胖子有点不懂，向鲁平瞪着眼。但是，停了停，他又说下去道："那些暴徒，好像是从这宅洋楼后方的一座阳台上翻越进去的。"

"何以见得？"鲁平觉得好笑，故意地问。

"阳台上的长窗已被撬开，玻璃也被划破了。手法非常干净，看来，像是一个老贼的杰作。"

"不要骂人吧。"鲁平赶快阻止。

"为什么？"矮胖子瞪着眼。

鲁平笑笑说："这个年头，没有贼，只有接收者，而接收者是伟大的，你该对他们恭敬点。"

老孟撅起了短髭，摇头。

鲁平看看他的手表，又问："还有其他的线索吗?"

"线索非常之多。"矮胖子夸张着。

"说下去。"

"有许多脚印，从阳台上满布二层楼的各处。首领，你知道的，上夜里下过大雨，那些带泥的脚印，非常清楚。脚寸相当大。"矮胖子说时，不经意地望向鲁平那只擦得雪亮的纹皮鞋，他说："脚寸几乎跟你一样大。"

"那也许，就是我的脚印哩。"鲁平接口说。

老孟以为鲁平是在开玩笑，他自管自说："在尸室里，遗留着大批的纸烟尾，那是一种臭味熏天的土耳其纸烟，下等人吸的。"

鲁平喷着烟，微笑说："那也像是我的。你知道，我是专吸这种下等人所吸的土耳其纸烟的。"

矮胖子望着鲁平，只管摇头。他又自管自说："还有，尸室中的一只沙发上，留着一顶呢帽，帽子里有三个西文字母——D.D.T。"

鲁平说："哎呀！这是我的帽子呀！"

"你的帽子?"对方撇嘴。

"真的，这是我的帽子。最近，我曾改名为杜大德。我准备给我自己取个外号，叫作杀虫剂。"

老孟觉得他这位首领，今天专爱开玩笑。他弄不明白，鲁平开这无聊的玩笑毕竟有些什么意思。

鲁平见他不再发言，立刻闭住两眼，露出快要入睡的样子。矮胖子慌忙大声说："喂，首领，要不要听我说下去？"

鲁平疲倦地睁眼，说："嗯，你说线索非常之多，是不是？"

"我已经告诉你，第一是脚印。"

"我也已经告诉你，那是我的。"鲁平打着呵欠，嗾咦。

"还有，第二是纸烟尾。"

"我也已经告诉你，那也是我的。"嗾咦……嗾咦。

"还有，第三是呢帽。"

"那也是我的。"说到这里，他突然坐直了身子，沉着脸说，"真的，我并不骗你！"

老孟觉得鲁平的话，并不像是开玩笑。他的眼珠不禁闪着光，有点莫名其妙。于是他说："真的？并不骗我？那么坏蛋陈妙根，是你杀死的？"

"不！我并没有杀死这个人。"鲁平坚决地摇头，"你当然知道，我一向不杀人。我犯不着为了一个坏蛋，污沾我的手。"

老孟用那支无火的雪茄，碰碰他的鼻子，狐疑地说："你说这件案子里所留下的许多线索，脚印、烟尾、呢帽，都是你的，但你却并没有杀死这个坏蛋陈妙根。你是不是这样说？"

"我正是这样说。"

"我弄不懂你的话。"

"连我自己也弄不懂！"

矮胖子瞪着眼，跌进了一团土耳其纸烟所造成的大雾里。

正在这个时候，壁上的电话铃，却急骤地响了起来。

# 十二　第三种报告

　　电话铃声驱走了鲁平的倦容。他赶紧跳到墙边，抓起听筒来问："谁？小韩吗？"

　　"是的，歇夫。"电话对方说。

　　"怎么样？"

　　"嗯……"

　　"说呀！"

　　"我真有点惭愧。"听筒里送来了抱歉的语声，"奉你的命令，调查那朵交际花的昨夜的踪迹。我怕我独自一个办不了，特地分派了一大队人马，一齐出动。"

　　"大队人马？谁？"

　　"我跟我的兄弟，小傻子韩永源，还有，小毛毛郭泽民，大菱白钱考伯，自行车王王介寿。"

　　"好极，海京伯马戏全班出动了。"

"歇夫，我知道你要我打探那朵交际花的踪迹，一定是有些用意的。"

"那当然。"

"因之，分头出发之前，我曾教导了他们许多'门槛'，以免打草惊蛇，弄坏了你的事。"电话里这样说。

"很好，你是有功的，不必再宣读伟大的自白书，请你扼要些说下去。"鲁平有点性急。

"奇怪！关于那位黎小姐平时常到的几个地方，我们用了许多方法，差不多全部查问过，结果是……"

"怎么样？"

"那许多地方，独有上夜你所说的时间里，她全没有去过，家里也不在。这是一种特殊情形哩。真奇怪，昨夜那朵美丽的花，似乎变成了一片不可捉摸的花影，云影浮动了，花影消失了。"

"哎呀，我的大诗人！"鲁平说笑地说，"你的台词真美丽，美丽得像首诗！"

"歇夫，你别取笑，我太使你失望了。"

"失望吗？并不呀，你的答案，正是我的希望哩。"

"什么？正是你的希望？"

"不错，我老早就在希望，最好你的答案是，调查不出那朵交际花上夜里的踪迹来。"

"歇夫，别让我猜哑谜。"

"这并不是哑谜呀。好，我们谈谈正经吧。那么，难道那位黎小姐，上夜里并没有回去海蓬路二十四号？"

"回去的。据二十四号内的一个女孩子说，她回去得很晚，大约已在两点钟以后。"

"她曾告诉人家，她到什么地方去的吗？"

"据说，她在一个同学家打乒乓。"

"对极了！"鲁平说，"打乒乓，乓而又乓，那是在指导人家练习枪吧？"

鲁平这样说，对方当然不明他的含意之所在。于是，听筒里面传来了一阵懊丧的声音说："算了，歇夫，我承认我的无能吧。你这讥讽，使我感到受不住！"

"且慢，别挂断电话。"鲁平慌忙阻止，"我再问你，那位黎小姐，今晚有些什么交际节目，你知道吗？"

"听说今晚八点半，她在郁金香咖啡室约会着一个人。"

"好极，我的小海狗，你们的任务已经完成了。"

呱嗒。

抛下了听筒，鲁平高兴得在满室里打转。他觉得，从那只保险箱内飞出去的东西，快要飞回他的衣袋了。而且，还有天仙一样美的女人，可以使他的枯燥的眼角抹上点冰，这是值得兴奋的。

他昂首喷烟，土耳其烟在他眼前幻成了一片粉红色的雾。

老孟看到他这位首领，高兴到如此，慌忙问："这是小韩的电话吗？什么事？"

"好像跟你刚才的报告，有点关系哩。"

老孟再度把那支始终未吸的雪茄，吝惜地收进了衣袋。沉默了片晌，最后他说："刚才你说，昨夜那件案子里，所留下的烟尾、脚印，都是你的，能不能请你解释一下？"

鲁平站停步子，拍拍他的肩膀说："现在用不着解释，到晚上，我请一位最美丽的女人，用音乐一样的调子，当面向你解释。你看好不好？来吧，我的老友，快把精神振作起来！"

当天夜晚，九点多一点，我们这位神秘朋友，换上了一套适宜于夜间游宴的笔挺的西装，拖着他的红领带，他以一个新型绅士的姿态，踱进了白天所说的那家咖啡室之内。

背后，那个肥矮的孟兴，踏出了华德狄斯耐笔下的老鸭式的步子，摇摆地跟进来。

郁金香，这是一个设备相当豪华的咖啡室。在这九点多一点的时间，空气渐成白热。朦胧的灯光里面，照见音乐台上，那个乐队的领袖双臂一起一落，像只海鸟展着翅膀，活跃得快要飞。广厅以内，每个人的杯内充

71

满着可口的饮料；每个人的袋内，充满着剩余的花纸；每个人的肺内，充满了模糊的悠闲。这里，正由衣香、宾影、灯光、乐声交织成一片五色缤纷的梦。这个时候，整个的宇宙以内，似乎除了这一片梦幻的空间之外，其余都是空白的，没有什么了。

打蜡的地板上，若干对男女在旋转，满场的眼光，也在随那些旋转而旋转。

鲁平坐在靠近入口处的一个较僻静的座位上，半小时的时间，已经消耗在咖啡杯子里。他猛吸着烟，不大说话，原因是，他的主顾——那朵美丽的交际花还没有来。矮胖子老孟坐在他的对面，粗肥的手指间，夹着那支从白天直到现在还不曾燃上火的雪茄，说长道短，显得非常起劲。霓虹灯的蓝色条子，射在他的通红的鼻尖上，闪成一种奇异的光彩。

有一个侍应生，见他高举着雪茄在指手画脚，以为他要取火，赶紧拿着火柴走上来预备给他擦上火。他慌忙伸出肥手，阻挡着说："慢一点。"一面，他向鲁平问："你说你在这里等候一个女人，是不是？"

鲁平点点头。

"那是你的女朋友吗？"矮胖子追问。

"是的。"鲁平随口回答。

"为什么还没有来？"矮胖子有一种可爱的脾气，一谈到女人，马上就兴奋。

"嗯，我怕，"这边懊丧地说，"我怕我要失恋了。"

矮胖子嘴里不说心里在说："活该。"

这里的侍应生，似乎全跟鲁平很熟，并不拘于普通的礼貌。每个人走近他的位子，全都要抽空站下，跟他搭一二句。

这时，那个侍应生的领班，含笑走近鲁平的身旁说："杜先生，好久没有来，近来忙？"

"是的，忙得很。"鲁平笑笑说。

"什么贵干呀？"对方问。

"摄制影片。"鲁平信口回答。

"噢，摄制影片。当导演还是当大明星？"那个侍应生的领班，一向知道这位拖着红领带的杜先生专爱说笑话，因之，他也玩笑似的这样问。

鲁平跷起拇指，碰碰鼻子说："男主角。"

矮胖子偏过脸去，撇撇嘴。

那个侍应生的领班笑着说："杜先生主演的那本片子，叫什么名字？女主角美不美？"

"你问女主角吗？"鲁平把背心紧贴在椅背上，摇着说，"当然，美极了！不过可惜……"

"可惜什么？"

"可惜有一个接吻的镜头，练习得不好，我想换一个女主角。你能不能设法给我介绍一位？"

"行！你看在场的人，谁最美？说出来，我给你介绍。"

这个穿制服的家伙，一面说，一面笑着走开。

音乐台上的乐声略一间歇中，鲁平忽见附近几个位子上的若干视线，全被同一的角度吸引了过去。举眼看时，有一对男女，女在前，男在后，正以一种磁石吸铁的姿态，从那入口处走进来。

那对男女，恰巧从鲁平的位子前壁面擦过。

老孟的一对眼珠，先让那股万有引力，吸成了椭圆形。

鲁平半闭右眼，用左眼瞅着那个女人，满眼表示欢迎。同时他又半闭着左眼，用右眼瞅着那个男子，满眼透出了厌恶。

那个年轻男子，穿着一套米色的秋季装。一百分的俊秀，加上一百分佻伀气。

女的一个，真是上帝与成衣匠精心合制的杰作。面貌，身段，百分之百的美，当她像飞燕那样在群众身前穿过时，她的全身像在散射一种光和一种热，使群众的眼珠，感到有点发眩。

那个女子穿着一件阔的直条的旗袍，一条浅蓝，间着一条粉红，鲜艳而又大方。灯光下的年龄，看来至多不过二十零一点儿。

老孟的粗肥的颈项，不禁随着那双高跟鞋的方向倔强地移动。

这时，那个侍应生的领班，还没有走远。鲁平赶快向他招招手。那个侍应生的领班立刻回来，含笑问："什么事，杜先生？"

"她是谁？"鲁平向这苗条的背影努努嘴。

"咦，你连这朵大名鼎鼎的交际花都不认识？"对方的答案，等于那部"百科全书"的再版。

"她姓什么叫什么？"

"啊，杜先生，赶快起立致敬吧！她就是最近名震全市的黎小姐，黎亚男。"

"不胜荣幸之至！她是你们的老主顾吗？"

"不算是。"那个侍应生的领班说，"她所结交的都是阔人。她的踪迹，常在最豪华的宴会上出现，这里她是难得光降的。"

# 十三　女主角

对方说完，预备要走。但是他又再度旋转身子，凑近鲁平的耳朵问："你看，她美不美？"

"美极了！"鲁平尽力摇着椅背，他的体重似已突然减轻，连那椅子也减轻了分量。

老孟又在严肃地撇嘴。

那个侍应生的领班，看到鲁平这种飘飘然的样子，慌忙问："让这位黎小姐做你的女主角，你以为怎么样？"

"请你代表我去问问她，愿意不愿意？"

"郑重点，还是由你自己去问。"

对方说完，笑着走开。

鲁平衔着烟，半开着眼，不时把他的目光，用抛物线向这位黎小姐所坐的位子上抛掷过去。那边距离鲁平的位子，不过四张桌子远。

四周，不时有些饥荒的视线，雨点那样洒射着那朵花。

那个穿米色西装的男子，顾盼自雄，满脸挂上不胜荣幸的神气。音乐的繁响中，鲁平远远望见那个男子的两道眉毛，快要脱离原来的地位而飞耀。对方两片抹过唇膏的鲜艳的嘴唇，不住在扭动，看来双方谈得很起劲。可是声音太闹，距离太远，当然没法听出他们谈的是什么。

鲁平很注意那朵交际花的红嘴唇。

一向，他对抹口红的女人绝无好感。他认为，世间最美的，该是天然的。美由人工装点，那就流于下劣。而今天，他的成见有点改变了。他觉得，这两片人造的樱桃，装饰在这样一张美得炫人的脸上，那也并不太坏。

因这抹口红的嘴，使他想起了那三支沾染红色的纸烟。他在想，无疑地，那些绞盘牌的烟尾，正是这位黎小姐所遗留的。据韩小伟说，这位黎小姐的纸烟癖瘾相当浩大，但是截至眼前为止，他还没有见她吸过纸烟，显见小韩的报告，多少有点不实在。

想念之间，他见那朵交际花在向那个米黄色西装的男子挥手，好像在催促他走。

那个男子从座位上站了起来，燃上了一支烟。他以亲密的态度，把那支吸过的纸烟，向那位小姐递过去。

对方皱皱纤眉，并不接受她这侍从者的美意。但一面，她却从手提包里自己取出了一支烟，燃上火，悠然地吸起来。

她流波四射，顾盼飞扬。

那支纸烟斜挂在她艳红的口角边，这种歪衔纸烟的样子，十足显示她的个性的浪漫。

鲁平是个相当顽固的人。在平时，假使看到一个普通女子以这样的姿态衔着纸烟，他将表示十分的厌恶。而现在，他因这个女子长得很美，连带使他觉得，她的衔烟姿态也相当的美。他想表示厌恶，但是厌恶不起来。

一面他又想起，上夜里，当他离去那宅洋楼之前，曾在卧室之内，顺便偷到了两支口红。今天早上，他曾有过一次精彩表现，他把鲜红的唇膏，亲自抹满了自己的嘴唇，然后，他用各种不同的样子，衔着纸烟，以试验那些痕迹，最后他把纸烟歪衔在口角边，却获得了跟这绞盘牌烟尾相同的痕迹，可知那些烟尾，正是由这种歪衔的方式印成的。又可知那些烟尾，的确是眼前这位小姐所遗下的。

现在，他差不多像亲眼看见，这朵交际花，昨夜的确在那间尸室中的方桌之一面，坐定过若干时候，毫无疑义了。

这时，那个米色西装的男子，离开了他的座位，正自踏着轻快的步子，再度从鲁平身前走过来。

鲁平仰面喷着烟，土耳其纸烟的烟雾里，他在尽力运用着脑细胞。他继续在想，还有两枚沾口红的烟尾，吸得非常之短。一个漂亮女人是绝不会把纸烟吸到如此之短的。唯一的解释是那两支烟，先经一个女子吸剩了半支，然后再把吸剩的半支，递给了另外一个人，由那第二人继续把它吸完。因之，烟尾才会吸成这么短。是的，一个个性浪漫的女人，可能会有这样的表演的。

那么，这个走过去的穿米色西装的男子，会不会就是昨晚坐在那只轻便沙发上的家伙呢？

关于这一点，当然他还无法决定。但是，他认为这一点，并不十分重要。他有一种模糊的感觉，曾经假定那个坐在克罗米轻便沙发上的人，只处于配角的地位，不必急于加以注意。比较重要的，却是那个使用"Leuger"的家伙。昨夜，那个家伙曾经站立在这朵交际花的左方，用着很大胆的方式，向死者开了一枪。那个人是值得注意的。

他曾经推测到，这一个业余的刽子手，线条相当粗，身材大概很魁梧。

何以见得呢？

理由是，隔夜他曾把方桌上剪断的电铃钮，拿起来看过一看，这个电铃钮上连着一段电线。电铃钮原来的地位，下垂在方桌的居中，假使那个剪电线的人，他是站在方桌边上而把这电线抓过来剪断的，那么，从这剪断的电线上，可以估计出他的个子相当高，至少该在六英尺左右。

而现在，这个穿米色西装的标准美男，个子却还不够高。这是一点。

还有一点，那种德国出品的军用"Leuger"枪，锉力非常之大。因之，使用这种枪的人，需要点相当的手劲与力量，否则，开枪之际，那会使开枪的人自己出丑的。

这个带点女性化的标准美男子，多方面看来不像会用这种枪。

想念之顷，他用轻鄙的眼色，目送这个男子的背影，看他走出出入口。他对这个人的注意好像暂时放弃了。

鲁平把视线收回，飘到那朵交际花的位子上。

现在，那张桌子上只剩下她单独的一个，神气显得很焦灼。

鲁平在想，她的时间，该是相当宝贵的，她绝不会无故独坐在这个地点，让绚烂的光阴轻轻溜走。不错，小韩说过的，她在这里约着一个人，她在等待，趁这空隙，自己可以过去，轻轻地唤她一声黎小姐，跟她谈谈有关于恋爱的一些问题，这样，她的等人的寂寞可以解除点，顺便，自己也可以跟她讨论讨论生意经。

他得弄弄清楚：

在那只保险箱内，她到底搬走了些什么？

这样美的她，是否真是那件枪杀案的主动者？

假使是的，她又为什么要杀死那个坏蛋陈妙根？

看样子，她杀人的目的，绝不会专在那只保险箱上。

无论如何，只要运用舌尖，就可以把各种秘密钩出来。

来吧，别错过机会！

# 十四　一张纸片

乐声，像是瀑布那样在倾泻。

整个广厅中的空气，愈来愈白热。

灯光一明一灭，映射着这女子的一颦一笑，显出了多角度的诱人的美。

那只光荣的桌子之前，不时有人小站下来，跟她打招呼。显见她所认识的人，的确相当多。

老孟有点目不转睛。

鲁平面前，喷满了土耳其烟的浓雾。他的视线，似乎被拉住在固定的角度上，不再想移动。他半闭着眼，正在找寻一个最适当的进攻的路线。

老孟夹着那支宿命注定永不火葬的雪茄，望望这位好色的首领，心里在想：你这家伙，终有一天大量吞服来沙尔。哼，终有一天！

这时，那个侍应生的领班，在别处兜绕了一个圈子，又在鲁平位子边上站下来。他跟这位红领带的顾客，似乎特别有缘。

鲁平向着那个红蓝色间的倩影努努嘴，不经意地问："她会跳舞不会？"

"那还用问吗？"那个侍应生耸耸肩膀。

"她会接吻不会？"

对方笑了起来。

"即刻我会告诉你，我的片子中，有一个镜头，需要一位最美丽的小姐跟我接吻。"鲁平继续摇着椅背，在音乐人中放大了嗓子说，"请你去问问她，愿不愿意摄制这个镜头？"

"我已经说过，还是由你自己去问。哈哈哈。"

鲁平蓦地坐直身子，睁大了眼珠正经地说："真的，并不是开玩笑，今夜我非跟她接吻不可！"

"哈哈哈！"对方预备走开。

老孟是个熟知鲁平性情的人。一看神气，就觉得鲁平的话绝对不像是开玩笑。于是，他也圆睁着眼，怀疑这位首领突然发作了神经病。

只见鲁平正色向这侍应生说："你不愿意代我传话，那么，请你递张纸条，大概不会反对吧？"

他并不等待对方的允许，马上掏出了自来水笔跟日记册，在日记册上撕下了一页。一手遮着那张纸片，匆匆写起来。

他在那张纸片上，大约写了三句话，大约写了二十个字，把它折成很小，塞在那个侍应生领班的手内。

"你是认识她的？"对方满面狐疑。

"不认识！"鲁平坚决地摇头。

"不认识？你让我递这纸条给她？"

"你不用管，一切由我负责！"

那个侍应生在想：假使真的不认识，料想这位杜先生是不会开这恶劣的玩笑的。他把这个纸条接受下来。他想展开来看一看上面写着些什么话，鲁平赶快阻止："你不能看！"

他挥着手，催促这个临时"邮差"赶快递信。

老孟的鲜红的鼻子掀动起来，眼珠瞪得格外圆。

这时那个女子的桌子前恰巧没有人。她正取出小镜，掠着她的鬓发。单这一个掠鬓发的姿势，足够驱使那些神经不太坚强的人们在午夜梦醒的时节再添上一个梦。

他们眼望着这侍应生，匆匆走过去，把纸片递进了这女子的手内。

在这一瞬之间，鲁平在这女子的脸上，看到了三种不同的变化。

那对晶莹的眼珠，随着这个侍应生的指示，流星一样在向这边的座位上飘过来。她满面露着诧异。她低倒了头，展开这张纸片，立刻，她的眼角闪出了一种不意的震惊，仿佛她在那张纸片中，看到了一只小蝎子。但这震惊，并不曾在她脸上持续到怎样久，瞬息之间，她已恢复了她的镇静。她重新低头，重新看这纸片。她在耸肩，耳边的秀发因之而颤动。她突然抬头，脸的侧形上露着一丝笑，笑得真妖媚，但神情却是严冷的。

凭着鲁平过去的经历，一看这种笑，就知道这个女子是很不容易对付的。

从这时候起始，鲁平心里，已提起了一种小限度的戒备。

这时老孟不时伸着肥手，在抚摸那张橘皮脸，最后他用双手托着脸，支持在桌面上，采取着掩护的姿势。

那个女子在向侍应生悄声说话。

音乐在急奏。

这边当然听不出这女子说的是什么。

侍应生的领班在回过来。

矮胖子心里在想，炸弹来了！

鲁平冷静地问："怎么样？"

侍应生的领班说："黎小姐说，这边有人，谈话不便，能不能请你到那边去谈谈？"

"好，谈谈就谈谈吧。"鲁平丢掉烟尾，一手撩开上装插在裤袋里，从位子上站起来。他向老孟以目示意，意思好像说，你看，我的魔术如何？他又轻吹着口哨。

矮胖子向那个侍应生瞪圆着眼珠在质问："为什么不让她到这里来谈？"

鲁平临走，他像想起了什么，他向矮胖子低声吩咐："你坐一会儿，不要走，也许我还需要你。"

老孟勉强点头，心里想："没有人的时候需要我，有了美丽的谈话对象，难道你还需要我？好吧，等你一百年，等你来付咖啡账。"

他的短髭撅得非常之高，看来可以悬挂三大瓶威司忌。

# 十五　赌博的开始

鲁平把双手插在裤袋里。他故意兜绕远道，从那些桌子的空隙中走过来，步子走得并不太快。一面，他在密切注意这个女子的神色。

只见这女子，把那张小纸片，一下，两下，三下，扯成了粉碎，扯作一团随手抛进了桌子上的烟灰碟。继而纤眉一皱，似乎认为不妥。她再把那个小纸团重新捡起来，放进了手提袋。顺便，她也收拾了她的小镜子，却取出她的精致的烟盒，放在桌子上。这些小动作，很显示她的镇静。但是眉宇之间，分明透露出一种沉思的神气，可见她的脑细胞，正自忙碌得厉害。

她略一抬眼，却见鲁平的高大的身影，已经直立在她的身畔。

她亲自起身，拉开一张椅子。在她的对面，原有一张拉开着的椅子，那是即刻那个穿米色西服的侍从员所坐的。现在她所拉的，却是侧首的一张，距离较近，谈话较便，并且，坐在这个位子上更可以显示友谊的密切。

最初的印象就很好。鲁平在想，看样子，谈话很可以进行，生意是有成交的希望的。

但是，鲁平决不因见面时的印象太好，就会放弃了他随身携带着的一颗细心。她曾注意在自己身上，着意地停留过一下。目光凝注的地位，好像是在他的胸际与耳边。

嗯，她是在注意自己的领带，或者别的什么吗？好，要注意就注意吧。

想念之顷，只见这位黎小姐大方地摆摆手，轻轻地在向他说："请坐。"

鲁平有礼貌地鞠躬，道谢。顺便他把那张椅子移得更近些，扯一扯裤管坐下来。

现在，那套笔直的西装，跟那件阔条子的旗袍间的距离，已经不到一尺宽。

四张桌子之外，那个被遗弃的孤单的矮胖子，圆瞪着眼，正向他们凄凉地注视着。

音乐急奏声中，这女子向鲁平发问："请问，先生是……"嗓子很甜，一口本地话，带着点北方音调，非常悦耳。

"贱姓杜，杜大德。"鲁平赶快自我介绍。报名之际，他以不经意的样子拉扯着衣襟，顺便，他把扣在衣襟之内的一个徽章露了一露。那是一枚戒杀护生会的会章，跟警务员的徽章，图案式样，粗看略略有一点像。

这女子的睫毛一闪，似笑非笑。

鲁平的目光飘到桌面上，他所第一件看到的东西是那只纸烟盒。他在想，盒子里所装的，是不是跟昨夜相同的纸烟？

他立刻在一旁烟碟里面找到了这个问题的答案，碟子里，新遗留着大半支残烟，沾染着鲜艳的口红的绞盘牌。

不错，这位小姐，好像有一种高贵的习惯，吸纸烟，老是只吸小半支。

他再注意这女子的纤指，并不留一丝吸纸烟的痕迹，他想，这是只吸半支烟的好处吧？

由于注意她的手指，他的视线在这女子身上开始了高速度的旅行，由手指看到手腕，而臂，而肩，而颈，视线的旅行，最后停留在对方的脸上。

他以美术家的目光欣赏着这幅画。方才是远观，现在是近赏。远看，并无缺点；近看，没有败笔。菱形的嘴，薄薄的两片，显示很会说话。眉毛是天然的。鲁平一向最讨厌那些剃掉眉毛而又画上眉毛的女子，剃掉弯的，画上直的，剃掉直的，画上弯的，像是画稿上留着未抹尽的铅笔痕，多难看！这个女子，却并没有这种丑态。她的左眉上有一枚小疤点，若隐若现，左颊有一颗黑痣，淡淡的一小点。

她的最美的姿态是在流波四射的时候。当那对黑宝石，向你身上含笑镶嵌时，你的心坎，会有一种温意，那是初春季节睡在鹅绒被内半睡半醒时的飘飘然的温意。但是当她沉思之顷，她的脸上仿佛堆着高峰的积雪，只剩下了庄严，不再留着妖媚。

一股幽兰似的气息，尽在鲁平的鼻子边上飘。

鲁平恣意欣赏着那颗淡淡的小黑痣。他自己的耳上，也有鲜红的一点，因之，他最喜欢脸上有痣的女人。

至少在眼前，他已忘却隔夜那具尸体胸前所留下的那个可怕的枪洞，他已不复意念那只保险箱内毕竟藏着些什么。

我们的英雄把生活问题忘掉了！

矮胖子老远里在撇嘴。

世上有一种精于赌博的赌徒，外表声色不露，他们最欢迎先看对方的牌。眼前这位黎亚男小姐，却正是这种精于赌博的赌徒之一。因之，她在招呼鲁平坐下之后，悄然不发一言，她在等待鲁平先发第一张牌。

她觉得对方那种看人的方式太露骨，讨厌！

她被看得有点着恼了。她把纸烟盒子拿起来，轻轻叩着玻璃桌面，严冷地说："喂！密斯脱——"她好像并不曾记清楚鲁平所报的姓名。

"杜。"这边赶快接上。

"噢，密斯脱杜。"这女子的嘴角挂着冷笑，"你的纸条上所写的话，使我感到奇怪！"

"奇怪的事情，是会渐变成平淡的。只要慢慢地来。"鲁平闲闲应付。他见对方拿着纸烟盒，却并没有取出绞盘牌来递给他。这是一种不敬，他有点伤感。

对方继续在说："先生，看你的外表，很像一个绅士，但你的行动，的确非常无礼。"

"小姐，请你记住，现在的所谓绅士大半都非常无礼。这是一个可贵的教训哩！"鲁平坚守着壁垒，并不准备让步。

这女子用一丝媚笑冲淡了些脸上的冷气，她说："照理，你的态度如此无理，换了别一个，我一定要不答应。但是我对你这个人，一见面，就有一分欢喜，因之，对你不妨容忍点儿。"

一种有甜味的什么流汁开始在浇灌过来。

鲁平伸手摸摸胸部，他想起了隔夜那具尸体，那只可怜的左肺，大概就为被欢喜了一下而漏掉了气！他心里在想，好吧，欢喜我，只有一分，能不能请你增加些？我的小心肝，多谢你！

想念之顷，他见对方收起了笑容在说："先生，纸片上的话，出入太大，你是否准备负责？你有证据没有？"

"证据，"鲁平用凶锐的目光盯住了她，"一千件以上！"

"就算有证据，"这女子也绝不示弱，"请问，你凭什么立场，可以干涉这件事？先生，你是一个警务人员吗？"

鲁平望着那张美而镇静的脸，心里在想，不出所料，果然厉害！他把衣襟一张一合，再度把那枚警务徽章的代用品，迅速地露了露。他说："你猜对了，小姐！"他以为，一个在隔夜沾染过血腥的女子，心理上多少带着虚怯，那是可以用这种小魔术把她吓倒的。

但是，他错误了，完全错误了。

咯咯咯！这女子忽然大笑。全身红蓝的条子在发颤，甜脆的笑声，跟那音乐成了合奏。

鲁平发窘地问："小姐，你笑什么？"

对方收住笑，撇嘴而又耸肩，"想不到像你这样的一个人，也会沾染上那些小流氓们的恶习，冒充讨厌的警务员！"红嘴又一撇，"就算你是一个真的警务员，你也得把事情弄弄清楚，再说话。"

真难堪！一只由彩纸竹片撑起的老虎，未出笼，先就被碰破了鼻子。在这刹那之间，我们这位红领带的英雄，两只发直的眼球，几乎挤进了一个眶子里。

世上原有许多可敬佩的人物，例如那些握权的大员，在老百姓面前玩着种种鬼把戏，结果，某一个鬼把戏被戳穿之后，群众对他们大笑，他们却能脸不红，气不喘，照旧振振有词，若无其事，原因是，他们的脸，是经过修炼而有道行的。这是一种伟大！

而我们这位英雄则不然。

可怜，他因为没有做过大官，他的颜面组织，缺少这种密度。因之，当这女子戳穿了他的冒充警务员的把戏时，他的两颊立刻在灯光之下有点变色。

还好，他这发窘的丑态，老远里的那矮胖子，并没有注意。老孟还以为，鲁平跟这女子，像一对爱侣一样谈得很甜蜜，却不知他这位首领，已经让一枚橡皮钉子碰肿了脸，他在受难哩。

那位黎小姐似乎并不准备给予鲁平以过渡的颜面，因之，她在鲁平发窘的瞬间乘机开了烟盒，取出一支烟，先给自己燃上火，悬挂在口角边。顺便，她也赏赐了鲁平一支，让他透透气。

纸烟雾在飘，小组会谈的空气，比较缓和了些。

当这女子把火柴盘轻轻推向鲁平身前时，那对黑眼珠轻轻一转。她的谈话，变更了路线，她说："假使先生并不坚持你这警务员的面目的话，凭我的友谊，一切是可以谈谈的。"

鲁平燃上了那支绞盘牌，喷了一口烟。他有点恼怒，心里在起誓：任凭你凶，今夜，无论如何，我决不会放过你！

只听对方又说："请问，你的来意如何呢？"

鲁平心里想：小姐，你肯动问来意，事情就好商量了。

他像刚才那样摇着椅背，闲闲地说："医生告诉我近来我的身体不太好，需要进服点肝膏汁剂，那才好。"

"嗯，肝膏汁剂。"这女子微笑说，"医生的话，那是说，你的身上，缺少了点血。你需要点血，是不是？"

"小姐，你真聪明！"鲁平有礼貌地点点头。

"先生，只要说明病情，治疗的方法不怕没有！"这女子冷酷地说，"我最恨世上有一种人，满脸挂上了廉洁的招牌，结果，伸出第三只手来比之棕榈树叶更大好几倍！他们处处想吸血，而又处处不承认想吸血。这种专以敲诈为生的人，没有一丝羞恶的心，简直不如畜生！先生你，却跟他们不同。我很钦佩你的坦白"。

"承蒙称赞！"鲁平在苦笑。

当这女子发表她的伟论时，夹着烟的那只手，不停地指画作势。她的手指上，套着一枚钻戒，那颗钻石相当大，至少该有三百分重。灯光之下，像一摊活水，潋滟而又潋滟，潋滟得耀眼。

鲁平今晚，他在接连收到几颗棉花炸弹之后，他的生意胃口，似乎已经缩得非常之小。他在暗忖，假使对方能够知趣些，自愿把这一枚小小纪念品，从她纤指上轻轻脱下，像订婚指环那样套上他的手指，那么，看在她的美貌的分儿上，他可以原谅她参加杀人，不再追究公园路上的那件枪杀案。

他自以为他的生意标准，已经定得非常之廉价，然而事实的演变，倒还没有如此简单哩！

转念之间，只见对方似笑非笑地说："先生需要血，你得让我看看，手里有些什么牌。"

"那当然！我想赢钱，手里当然有牌！"鲁平跟她针锋相对。

这女子躲过了鲁平凶锐的视线，低垂着睫毛，像在沉思，像在考虑。

音乐声打扰着双方的沉默。

四围的视线，不时在注视这张特殊的桌子，其中包括着四张桌子以外的那双凄凉的馋眼。

这女子思索了一下而后抬眼说："这里人多，谈话不便。先生，你愿不愿意跟我走？"

"一定奉陪。"

"不过，"这女子略一沉吟，"等一等还有人到这里来找我。"

"是不是刚才那位青年绅士，穿米色西装的。"

对方略一颔首。不像说是，不像说不是。

"他叫什么？"这边不很着意地问。

"嗯，他吗？他叫——他姓白。"这个名字似乎非常之难记，因而需要耗费相当大的气力才能说出来。

"白什么？"这边追问一句。

"白显华。"从这不稳定的语音里可以听出她所说的这个名字，有点靠不住。

在鲁平，这是一种小小的心理测验。他这测验的方式是，假使对方在被问的时候，能把那个穿米色西装的家伙的名字冲口说出，那么，这可以显示那个人，跟昨晚的事件，大致是无关的。反之，对方的答语倘然不大爽利，那就可以见到这个人多少是有点嫌疑的。

现在，鲁平凭着种种理由，他可以相信，这个所谓白显华者也，可能正是昨夜跟陈妙根谈过话的三位贵宾中之一位。

"上夜里，比这个时间略晚一点，这位白先生，曾到过公园路三十二号不曾？"他突然向这女子，轻轻揭出了第一张牌。

对方望望四周而后怒视着鲁平。那对黑宝石，几乎成了三角形。她没有发声。

"昨夜他的座位，是不是就在那双克罗米沙发上，斜对着方桌的角？"这边看准了对方的弱点，再把第二张牌有力地投过去。

这女子的眼角，显示出骇异，也显示着钦佩。那对黑宝石在鲁平的红领带上停留了片瞬而后说："先生，你好像很有几张大牌，我很佩服你的能耐！"

"小姐，我也佩服你的坦白。你很懂得纸包不住火的这句名言。"

"我得打个电话给这个姓白的，告诉他不必再等。"这女子从椅子里婀婀地站了起来。

"我也奉陪！"鲁平随之而站起。

"噢，监视我？"

"不敢！"

"现在，我是被征服者，而你，则是堂堂的征服者。对不对！"她抿嘴一笑，笑得很冷。

"小姐，言重了！我，并不是重庆人！"鲁平有礼貌地向她鞠躬。

他陪伴着她，在轻倩的音乐声里踏着轻倩的步子，

97

走向电话室。现在，那套秋季装，与红蓝间色的条子之间，已不再存在着距离。

一阵幽兰的香气，在鲁平原来的位子前轻轻掠过。

那枚红萝卜形的鼻子，翕张得厉害。

矮胖子嫉妒地望着鲁平；鲁平得意地望望这矮胖子。

# 十六　金鱼皮高跟鞋

　　成双的影子，挤进了那间电话小间。小间中并没有人。

　　鲁平抢先一步，抓起了电话听筒，含笑说："我给你代打，是不是拨251327？"

　　"不是的。"这女子迅速地瞅了鲁平一眼。她把电话听筒，轻轻从鲁平手里夺过去，"先生，不必费心，我自己来打。"

　　她以非常快捷的手法，拨了一个号码。鲁平只看出第一个数目是"3"，末一个数目是"0"。

　　电话接通了。这女子提着听话筒说："显华吗？我是亚男。我在郁金香。"

　　鲁平撇撇嘴。心里在想，嗯，一个谎话，假使这个电话真的打给那个所谓姓白的，何必再说明郁金香？

只听这女子继续说："我遇见了我的爱人了。他真爱我，他缠住了我，准备跟我谈上三昼夜的情话哩。"

这女子向着那只电话筒笑得非常之妩媚，听语气，也是玩笑的语气。但是，眼角间所透露的一丝严冷，显示她的心里，正非常紧张。

鲁平估计，这女子也许是跟对方的人在通消息。他想，按照中国的语法，有时会把爱人加上"冤家""对头"之类的称呼，那么，她的话，可能解释为——"我在郁金香，遇见了我的冤家了"。

他在一旁用心听下去。

只听这女子又说："我的那双金鱼皮高跟鞋，太紧，穿着不适意。你能不能顺便给我去换一双呢？"

鲁平在想，废话！在眼前这样的局势之下，难道还有这样的好心情，谈起什么高跟鞋与低跟鞋？而且，所谓金鱼皮高跟鞋，过去，只有豪华的巴黎才有这种东西，在上海好像并不曾有过哩。

那么，这句话的真正的含义何在呢？

他的脑细胞在飞速地旋转。

他想起下层社会的流行语，称事态严重为"风紧"，"风紧"的另一隐语，称为"蛇皮紧"。由此可以推知，这女子所说的"金鱼皮"鞋太"紧"，或许就是代表"蛇皮紧"三个字，简单些说，她是在报告对方，事态很严重。

这女子又说:"这里的空气太坏,至多,我在五分钟内外就要走。"

鲁平想,她是在向对方呼援吧?她是不是在督促她的援助,在五分钟的短时间内赶到这里来?他想起这女子所拨的电话号码,是"3"字打头,一个西区的电话。而这郁金香的地点,也正是在西区。假使自己猜测得不错的话,那个通话的家伙,距离这里一定相当近,可能在五分钟内外赶到的。

他静默地点头,用心地听。

这女子最后说:"抱歉之至,我不等你了。你要出去玩,多带点钞票。——嗯,好,明天见。喂,别忘记钞票呀!"

又是废话,要玩,当然要带钞票的。那还用得着郑重关照吗?

由于这女子接连提到钞票,却使鲁平骤然意会到这两个字的可能的解释。

过去,上海的市井流行语,把"铜板"两字,当作钱的代名词,以后又把"钞票"两字,当作了钱的统称。另一方面,在下层社会中有一种隐语,却把铜板两字暗指着手枪,铜板是动板的谐音,寓有一"动"就"板"的意思。那么,这女子现在所说的"钞票",可能是指那种特别的"铜板"而言。换句话说，她是通知她的后援者，须携带手枪！

他冷笑地在想：钞票，是不是指隔夜打过靶的那支"Leuger"枪？好极了！这是德国货的军用马克呀！那么，眼前跟她通话的这个人，会不会就是昨夜的业余刽子手？嗯，可能之至！

呱嗒。

转想念之顷，他见那个女子抛下了听筒，含笑向他摆摆手说："我的电话打完了。请吧，先生。"

# 十七  血溅郁金香

　　鲁平竭尽侍候密斯们的谦恭之能事，他抢先拉开小室的门，让这位小姐先"请"。

　　走出电话间，两人的脸上，个个带着一丝笑；两人的心头，个个藏着一把刀！

　　鲁平在想，假使自己对于这位小姐在电话中所说的话，并没有猜错，那么，等一等，也许还有好戏可看。好吧，全武行！

　　打架，鲁平并不怕。鲁平生平有着好多种高贵的嗜好，例如管闲事、说谎、偷东西之类，而打架，也是其中之一项。他把打架认为"强度的伸懒腰"，遇到没有精神的时候，找场不相干的架来打打，很可以提神活血，其功效跟 morning exercise 差不多。

　　但是今天则不然。因为，鱼儿刚出水，不免有点润腻腻，为了照顾打架而从指缝里面滑走了那朵美丽的鱼，那可犯不着。这是需要考虑的。

两人向着原位子上走回来。

那股幽兰似的香气，再度在矮胖子的赤鼻子边飘过。那套秋季装跟那红蓝间色的条子越挤越紧。老孟看到他这位可爱的首领，不时俯下脸，跟这女子叽叽喳喳，鼻尖几乎碰到了那颗小黑痣。他想起，鲁平即刻说过，今晚，非跟这朵交际花接吻不可。看来，事实将要胜于雄辩了。

他把那支名贵的雪茄，凑近鼻子，嗅嗅。也不知道鲁平今晚，又在玩着何等的鬼把戏？他似乎有点妒忌。假使他能知道，他这位首领，今晚跟一个最危险的女人在斗智的话，无疑地，他的无谓的妒忌，将一变而为非常的担心了。

可惜他是一无所知。

关于这一点，甚至连鲁平自己，也还没有完全明了哩。

鲁平陪伴着这位黎小姐，回到了黎小姐的位子上，他并没有再坐下。他招呼着侍应生，付掉了两张桌子上的账。要做生意，当然，他必须慷慨点。然后，他向这位黎小姐温柔地问道："怎么样？我们走吧？"

"很好。走吧！"这女子始而把她的纸烟盒子藏进了手提夹，继而重新打开手提夹内取出来，开了烟盒，拿出两支烟，一支给自己，一支递给鲁平，她给自己擦上火，又给鲁平擦上火。每一个动作，显示着不经意的滞缓。

鲁平心里冷笑，在想：我的小爱人，你这种耽搁时间的方法，很不够艺术哩！

这时，音乐台上的一位女歌手，正在麦克风前唱着一支《王昭君》的歌曲，嗓子很脆，音调相当凄凉。

这女子有意无意扭转了颈子，望着音乐台，她说："我很喜欢这支歌，我喜欢这支歌的特殊的情调。"

那么，鲁子赶紧接口："我们不妨听完了这支歌再走。好在，我们并没有急事，我们有的是畅谈的时间。"

对方似笑非笑，似点头非点头，不说好，也不说不好。可是，她终于夹着那支绞盘牌，又在椅子里轻轻坐下。

鲁平暗暗好笑。他觉得在电话间内的种种推测，看样子是近乎证实了。他在想，小姐，你该明白些，这是我的一种恩惠，赏赐你五分钟！五分钟之后，说不定就在这个咖啡室的门口，会有一场西班牙式的斗牛话剧可供欣赏。很好，今晚真热闹！

他偷眼瞄着他这位奇怪的临时伴侣，忽而喃喃自语似的说："嘻，真可怜。"

"什么可怜？"对方抬起那对黑宝石。

"我说那位密斯真可怜。"

"哪位密斯？谁？"

"密斯王嫱，王昭君。"

"这是什么意思？"

"她被迫出塞，走着她所不愿走的路，这也是人生的一个小小悲剧呀！"

这女子丢掉了那支刚吸过一两口的纸烟，怒视着鲁平，冷然说："先生，你错了！你须弄清楚，这位小姐，她真的是无条件的屈服吗？"

"黎小姐，你说得对。"鲁平微微向地鞠躬。他把纸烟塞进嘴角，双手插在裤袋里，旋转着一只脚的鞋跟，抱歉地说："对不起，我打扰了你的听歌的雅兴了。"

嘴里这样说，心里他在想：小姐，我很知道，你自以为你的手里，有一副同花顺子的牌，将在这个咖啡室的门口，或者其他的什么地方，向我脸上掷过来。当然，在没有进行对峙之前，你是决不承认屈服的。对不对？

由于想起了对方手内的牌，这使鲁平觉得，自己倘然一无准备，那也不大好，投机，当然是不行的。于是他又说："黎小姐，你有兴致，不妨再宽坐片刻，多听一两支歌。我跟我的朋友再说句话。"

这边颔首，表示满意。鲁平知道她是必然会表示满意的。多等些时候，那支"Leuger"枪的订货，准时进口，可以格外不成问题。

那双漆黑的眼珠，目送着鲁平高大的背影，走向那个矮胖子的身畔。

鲁平在老孟身旁坐下，老孟慌忙问："首领，你跟你的美貌女主角，谈得怎么样？"

"印象极佳。"鲁平随口说。

"她愿不愿意跟你合摄那个名贵的镜头？"矮胖子把讥刺挂在他的短髭上。

"当然！我们准备合摄一张美国西部式的片子。"

"片名叫什么？"矮胖子还以为他这位首领是在开玩笑。

"《血溅郁金香》。"

"哎呀，一个骇人的名字！"矮胖子故意吐吐舌头，把眼光投送到了四张桌子以外。

鲁平怕他再啰唆，赶快说："你可知道，那只黑鸟住在哪里？"

"不远，就在一条马路之外。"

"把他喊到这里来，需要多少时候？"

"至多三四分钟吧。"

鲁平想，好极，三四分钟，而对方是在五分钟内外，也许，选手们的赛跑，可以在同一的时间到达终点。于是他说："那么，给你一个重要任务，赶快去把那只黑鸟放出来，赶快！让他守候在这里向门口，注意我手里纸烟的暗号，相机行事。"

"为什么……"

"不要问理由！"

说时，鲁平已经匆匆站起来。他拍拍这个矮胖子的肥肩，又匆匆吩咐："马上就走！老鸭子，走出去时从容点。出了门口，扑扑你的鸭翅膀，不要再踱方步。"

对方望望鲁平的脸色，就知道他这位首领，并不是在开玩笑。

"OK！"肥矮的躯体，从椅子上站起。为了表示从容起见，他把雪茄插回衣袋，左右开弓伸了个懒腰，然后招招肥手，移步向外。

一出郁金香，他的鸭翅膀果然扑起来。球形的身躯像在滚，仿佛被李惠堂踢了一脚。他走得真快，比之蜗牛更快。

这里，鲁平已经回到了那只温暖的位子上，只见他的那位临时女主角，一手支颐，默坐在那里，好像很宽怀。鲁平因为已经放出了那只黑色的怪鸟，不愁打架的时候再会滑走指缝里的鱼，他也觉得很宽怀。

所谓黑鸟，那是鲁平夹袋里的一个精彩人物。那个家伙的绰号，被称为"黑色的大鹏"，简称为"黑鹏"，而鲁平则顺口把他唤作"黑鸟"、"黑鬼"或者"黑货"。

　　这个黑家伙，没有人知道他的真正的名姓，也没有人知道他的真正的来历。据他自己告诉人，他是一位华侨富商的儿子，而有人则说，他是出生于爪哇的一个私生子。他真黑，照镜子的时候，镜面上好像泼翻了黑墨水！他还逢人广播：每个女人一见到他，不出五分钟外就会爱上他。他很有点顾影自怜。

　　这个黑色的东西，生平只有两种爱好：一种是女人，一种是打架。他爱好女人等于牧师爱好耶稣，爱好打架等于孩子爱好糖果。但是，牧师爱好耶稣或许并不真，而孩子爱好糖果却是毫无疑义的，因之也可以说，他对打架，比之女人更爱好。

　　想起了这只黑鸟，鲁平脸上忍不住浮上了一丝笑。

　　"你笑什么？"这女子问。

　　"我吗？"鲁平冲口说，"我笑我的眼前，像有一片黑。"

　　"一片黑？"这女子当然不懂。

　　"我说错了。"鲁平把十足的色情挂在脸上，"我说的是一小点黑，你脸上的可爱的小黑痣。亲爱的，我们准备什么时候走？"

这女子心里在想，朋友，你的称呼真亲热！这个世界上，有的是很多的世味，甜、酸、苦、辣，最先是甜，而最后则是辣，趁这可以甜的时候不妨尽量甜。

她轻弯着白得腻眼的手臂，看看手表。

鲁平心里想，不用多看，差不多了。

音乐台上，那支《王昭君》的歌曲已经唱完，另一支歌在开始。这女子在音乐声中伸着懒腰站起来，软绵绵地说："好，我们走。"

鲁平把高大的身躯，贴近这头小鸟，领略着她的发香，一面轻轻地说："亲爱的，你应该悬挂在我的手臂上。"

这女子仰飞了一个冷静的媚眼，心里说：好吧，我就挂在你的手臂上。请勿后悔！

二人走到衣帽间前，各个掏出了一块小铜片，鲁平取回了帽子。这位小姐取回了她的一件最新式的短外褂，让鲁平给她穿上。鲁平看看自己的表，从电话间走出，到眼前为止，合计已经消耗了两个五分钟，够了，大概很够了。

二人挽着手臂，脚步滞留在咖啡室的阶石上。鲁平故意更凑近些那颗迷人的小黑痣，柔声问："我们到哪里去谈？"

"挑清静些的地方，好吗？"这女子也故意把脸偎依着鲁平的肩膀，抬起睫毛，媚声作答。

"很好，小姐。"鲁平尽力装作浑身飘飘然，"清静些的地方，没有人来打扰。也许我们可以畅谈一整夜。"

我可以陪你畅谈一千零一夜，赶快做梦吧！对方心里这样想，她没有发声。

# 十八　精彩的巷战

"你家里怎么样?"鲁平低声向她建议,"海蓬路二十四号?"

"好吧。"这女子迅捷地抬了抬睫毛,语声带着点迟疑。

迟疑,这是表示不大好,于她不大好,于自己当然是有利的。鲁平这样想。他又问:

"你的车子呢?"

"我的车子?"

"你的自备汽车。"

这女子是的确有着她的自备汽车的。但是因着某种原因,今晚恰巧没有使用。她顺口说:"先生,你弄错了,我还够不上这样阔。"

"那么,"鲁平乘机虚冒一句,"昨夜里停在公园路三十二号门口的，那是谁的车子呀？簇新的！"

这女子猛然仰脸，神气像诧异，又像敬佩，她的眼角间好像含藏着一句话："你知道得真多呀！"她只嗯了一声，并不曾作答。

这是鲁平向她揭示的第三张牌。

当这两人低声密语时，他们的步子留滞在原地位上没有移动。两个脑子在活动。四个眼珠在旋转。站在左边的，眼光倾向左边，站在右边的，眼光倾向右边。他们各又在盼望自己的援军，以便进行那种"必要的"战争。

鲁平偷眼看到这女子的眼角，透露着失望的神情。料想她的后援者也许误了事，还没有来。

他举目四顾，也没有发现那只老鸭跟着那只黑鸟的影子。

看来比武的局面，吹了。好吧，天下太平。

顾盼之顷，鲁平忽见西三码外的纸烟摊边，站着一个娇小的人物，样子很悠然。

一看，那是他的一名年轻的部下，小毛毛郭浑民。

那个小家伙，猴子般的身材，猴子般的脸。平时活泼得像个猴子，顽皮得像猴子，嘴馋得也像猴子。他的上身穿着一件有拉链的黄色茄克衫，下面蓝布西装裤，黑跑鞋。皮裤带上吊着琳琳琅琅的一大串，那是半串香蕉，十来个。他一面闲眺，一面大吃香蕉。拉下一个，剥下一个，吃一个，两口吞下一个。

吃完第三个，不吃了。歪着眼梢，冷眼望望他的首领，在等待命令。

鲁平一看到这个猴子型的小家伙，就知道那只黑鸟，距此必已不远。

鲁平轻挽着那个女子跨下阶石，踏上行人道。他松下了这女子的手臂，掏出一支烟，又掏出他的打火机。他把那支烟在打火机上舂了几下。然后，捺着打火机取火燃烟。那只打火机似乎缺少了碱司令，呱嗒、呱嗒、呱嗒，一连打了三遍方始打出火来。他燃上了烟，微微仰脸，喷了一口。

这是一种固定的暗号。

舂烟纸，代表着"注意"二字；把打火机弄出声音来，这是在说明，需要注意一个"带手枪的人"；而仰面喷烟，则是暗示"个子很高"。

那个小猴子被教得很灵，远远里在领首示意：OK，首领。他开始游目四瞩。

就在这个燃纸烟发暗号的瞬间，鲁平陡觉劈面有个人，像阵旋风那样向他怀里直吹过来！那人来势太猛，一脚几乎踹着了鲁平擦得很亮的皮鞋尖，鲁平原是随时留意的，觉得那个人来意不善，赶快略退一步，没有让他踹上脚背。顺势伸出那只夹烟的手，在那人的肩尖上赏了一掌，轻轻地。

那人领受了这轻轻的一掌，身子向后一晃，两晃，三晃，直到晃了三四晃后方始努力站住了脚跟。鲁平一看，那个家伙穿着一套咖啡色西装，个子不太高，模样倒还像个上等人。看在像个上等人的分儿上，鲁平轻轻地向他说：

"朋友，喝了多少酒？"

那人竖起了眉毛，正想开口"还价"。价还没有还，冷不防从他身后伸过了一只又大又黑又多毛的手，在他肩上轻轻一扳，扳得像扇旋转门那样飞旋了过去。穿咖啡色西装的家伙抬眼一望，哎呀！那个把他当作旋转门的人，样子真可怕，黑脸，黑上装，煤炭似的一大堆；灰黄的眼珠，那是电影中的猩猩王金刚的眼珠；结实的身坯，那是一个次号叫路易的身坯。

那个穿咖啡色西装的家伙，一看就有三分惧怯，不禁嗫嚅地说："做什么？"

"不做什么。"一拳！

"黑炭，发疯吗？"

"并不发疯。"第二拳。

"你，你，你不讲理！"

"没有理可讲。"第三拳！

一边企图以谈代打，一边却是只打不谈。

挥拳的那一个，当然就是那只黑鹏。他的炮弹那样的黑色拳头，第一拳，使对方的左颊，好像注射了一针有速效的多种维他命；第二拳，使对方的右脸，立刻发福而又抹上了太深的胭脂；三拳使对方的鼻子开了花！

这种大快的方法，不但使对方不及还手，而也不及躲避，不及掩脸。打到第四拳上，这个穿咖啡色西装的家伙，感觉地球已经脱离轨道，身子向后乱晃。那只黑鸟赶快飞扑过去，双手把他扶住，扶直了，再打，再晃，再扶直，再……

第五拳、第六拳、第七拳，打得真痛快！

这只黑色的怪鸟，一双黑拳，正在感到过瘾，冷不防他自己的背部，突然地，也挨着了很重的一下。原来，那个穿咖啡色西装的家伙，有个同伴，刚刚飞奔地赶到，一赶到就见他的自己人，快要被人家打成了酱。那人不及开口，慌忙掩向黑鹏身后，拔出拳来狠命就是一拳。

这一拳真结实。一种名副其实的重量拳！除却这只黑鸟，换了别一个，受着这种突然的袭击，一定是垮了！

但是这只黑鸟却没有垮。

他的身子，只略略向前一晃，立刻留住了腿而且跟着飞旋转了个躯体，他又略退一步，以躲避来人的第二拳。

那个小毛毛郭浑民，悠然地，站在纸烟摊子边，在那里剥第四个香蕉。

他对当时的情形，完全一览无余。

这小家伙接受了鲁平的暗示，他在注意街面上的形迹有异的人，特别是高个子。眼前这个向黑鹏偷打冷拳的家伙，正是一个高个子。论理，他很可以预发警告，让这黑鸟不受意外的偷袭，但是，他自管自大嚼香蕉，并不出声。

不出声的理由是，这小家伙倒是一个懂得公道的人。他见黑鹏跟那个穿咖啡色西装男子动手，局势成了一面倒，那个被打的人未免吃亏得可怜。为了同情弱者起见，他很愿意那只黑鹏多少也吃点亏。为此，他眼看那只黑鹏突受着背后的一击，他却并不发声。

可是他等那只黑鹏，背上结结实实吃了一拳之后，他却放下半只香蕉，开口了，他在扬声高唱："向后转，向右看——齐！"

他一面高唱一面偷偷向前，开始着参加作战的准备。

这时，那只黑鹏不待他的警告老早已经飞旋过身子站定脚跟一看，那个偷打冷拳的人，是个二十四五岁的青年，短发，倒挂眼，脸上有几点大麻，那人身穿一套蓝布工装，两个胖胖的裤管，好像打过气。

那个家伙，个子看来比自己要高一点，身坯非常结实。一望之间，就知道是个打架的好手。

那时黑鹏旋转身躯刚刚站定，对方的第二拳早已飞到。黑鹏身子一侧，闪过了这第二拳，顺势把头一低，向对方胁下钻过来。他提起右脚，向着对方伸出着的左脚上，狠命直踹下去。这一踹，踹得对方的眼眶里面几乎流水！他乘对方举起一足乱跳踢踏舞的瞬间，连着就在对方的颏下狠命回敬了一拳，这一拳，几乎打断了对方的颈动脉。

那个工装青年，颇受到这不太厉害的两手，全身忍不住向后直晃。他一看情势不对，赶快退后一两步，一面赶快伸手向身后去掏。

掏什么？大致想掏手枪。

可是那支枪，在他慌忙应战之中，早已进了小毛毛郭浑民的手。同时，鲁平跟那朵神秘的交际花，他们的步子，却也被这场小小的巷战，挽留在行人道上，看得呆住了。

鲁平觉得这场架打得野蛮而又滑稽。他在微笑。

这女子的神情显得很焦灼。

在这转眼之顷，街面上的事态，似已渐渐扩大，参加这场争斗的打手，也在逐渐加多，站在黑鹏这一边的，除了小家伙郭浑民之外，那只老鸭子——肥矮的孟兴，也出现了。对方，除了那个工装青年，跟那个穿咖啡色西装的男子，另外也添上了两个穿卡其布制服的人物，一共七个人，扭打在一起，成了一种混战的局面。

那只老鸭子，由于身体肥胖，周转不灵，似乎很吃了点亏。小毛毛专门"捉冷眼"，却打得很好。

围观的人越来越多，有人在拍手，叫好。

我们中国人素向爱好和平，但是若有免费的武戏可供观看，那也是不胜欢迎的。

那位黎亚男小姐偎依在鲁平的身旁，眼睁睁注望着那个哄闹的人圈，她似乎愿意跟那个穿工装的青年说句什么话，但是看样子已不可能，她很着急，不期向着那个人圈，失声高喊："喂喂喂？赶快歇手，暗暗跟着我，不要再打！"

这女子说的是一口流利的日本语，她把那个穿工装的高个子青年，称作"海牙希"。

鲁平暗暗点头，他假装不懂，向这女子问："亲爱的，你在说什么？"

这女子微微一红脸，支吾着说："这场架打得很热闹，使我想起了一首日本的俳句，那是专门描写打架的情形的。"

"噢。"鲁平点头。

由于这个女子，使用日本语向她的羽党通消息，这使鲁平想起，自己也会几句支离破碎的爪哇语。于是，

119

他也鼓着掌，用爪哇的土语向人丛中高声大喊："缠住这些人，别放他们脱身。"

人丛里立刻传来高高的回声："OK！歇夫！"这是那只黑鹏的声音，显见他这架，打得非常之从容。

那女子耸耸纤细的肩膀，向鲁平反问：

"先生，你在吵什么？"

"我吗？"鲁平向她挤眼，"我在用一种野蛮人的土语，鼓励他们打得认真点。"

"为什么？"

鲁平咕噜着说："人类全是好战的。越是自称文明的人，越好战。这种高贵的习性，每每随地表现，大之在国际间，小之在街面上。打架是战争的雏形，战争却是文化的前躯。假使世界没有战争，像原子炸弹那样伟大的产品，如何会赶速产生？所以，战争是应该热烈歌颂的！而打架，也是应该热烈鼓励的！亲爱的，你说对不对？"

对方撇着红嘴，冷笑，不语。

鲁平低着头，温柔地说："我们怎么样？走吗？到你家里。"

他不等这女子首肯而就向着街面上扬声高叫："三轮车！"

一辆三轮车应声而至。

鲁平挽着这女子的手臂，温柔地，而其实是强迫的，拉着她上车。这女子满脸焦急，始而好像准备撑拒，继而，那对"黑宝石"骨碌碌地一阵转，她似乎决定了一个新的主意。她默默地跟随鲁平跳上了三轮车，她在冷笑！

　　鲁平向三轮车夫说了"海蓬路"三个字。车子疾尘而驰，背后的人声还在鼎沸。

# 十九　蔻利沙酒

　　三轮车上鲁平坐在这位黎亚男小姐之左方。这是他所有意挑选的位子，以便尽量欣赏她左额上淡淡的一个小黑点。

　　车子一直向西，路越走越冷僻。银色的月，使那两片鲜红的嘴唇愈增了幽艳。路是笔直的，路旁的树叶，沉浸在月光里，在播散一种冷静的绿意，真是诗的世界。

　　这女子的神情，似乎比之在郁金香中温柔得多。鲁平把右臂轻轻搁上她的左肩，找出了许多不相干的问题跟她闲谈。谈到高兴的时候，他故意把那条纤肩，忘形地一搂，于是乎，她的脸，跟那颗小黑痣，完全抹去了可厌的距离。

　　此时的情调，确乎是月下护送爱人归家的情调。鲁平的心坎，感到了一种梦一样的飘飘然。但同时，他却并未忘掉戒备，不过，戒备飘飘然冲淡了，变成不够浓度。因之，他在以后的两小时中，几乎付出了整个的生命，作为飘飘然的代价。

嗯，抹口红的人，毕竟是可怕的！

车子上的温馨，看来非常之短促，实际上是三十分钟，终点到达了。

由这女子的指示，三轮车停止在一宅静悄悄的小洋楼之前——海蓬路二十四号。

鲁平在掏钱付给车夫的瞬间，有意无意，举目凝望着那条冷静的来路。

他是在留意，这女子的背后，会不会有什么人，在暗暗追随她而保护着她？换个方向说，有没有人受了这个女子的指示，在暗暗尾随自己，找机会，予自己以不意的暗算？

情势使然，地点也太冷僻，不得不防啊！

月色很好。笔直的路上并无可注意的事物，三轮车正向原路上踏回去。

这女子站在鲁平的身旁，黑眼珠在转，他怀疑了。她的心里跟鲁平一样，怀疑的暗影，在这女子的神经上留下了一个疙瘩，这小疙瘩在以后一个间不容发的危险的局势中，挽救了我们这位英雄的生命。

那宅小洋楼，沉睡在月光之下，式样很美，四周有些隙地，当前护着短墙。诚如韩小伟的报告所说，左右并无贴邻，只是孤单的一座。短墙的门虚掩着。这女子走在前面，轻轻推开了门，鲁平悄然跟在她的身后。这女子回头吩咐："掩上它。"

她踏上石阶。揿着门框上的电铃钮。好一会儿，一个睡眼蒙眬的小女孩，松着衣纽出来开门。

鲁平在想，这个小女孩子，是不是白天在电话中回答"黎小姐不在家的"一个。

女孩子站在一边让两人入内，把门关好，插上短闩。

关门的声音使鲁平的内心感到怦然而动。为什么？连他自己也不大知道。

只听这女子向这女孩问："秀英，有电话没有？"

"三个。"女孩子的回答很简短，显出训练有素的样子，"八点半，八点三刻，还有一个在十点钟刚敲过。"

"你是怎样应付的？"

"我告诉他们，'黎小姐不在家'。照你的吩咐。"

"姓名呢？"

"我已请曹先生分别记下了。"

鲁平在一边想，曹先生？韩小伟曾提起过这个人。据说就是这间屋的屋主。她跟他，是什么关系呢？还有，这女子在今天的一整天，全让这个小女孩在电话中告诉人家："黎小姐不在家。"这又是什么意思呢？难道，这朵交际花，准备谢绝交友了吗？

在这一瞬之间，他感觉到这个女子，全身充满着不可究诘的神秘。

只听这女子又说："很好，秀英，你去休息吧。"

"要不要把张妈叫起来，小姐？"女孩问。

"不必了。"

女孩子抬起了那双伶俐的眼珠，看看鲁平，然后迟疑地问："这位先生等等走不走？"从这语气中可以听出，以前在同样的情形之下，曾经有过"不走"的人。

"嗯，他吗？"那对"黑宝石"，有意思地一抬，"大概，不走了！"

这短短的对白，又使鲁平引起了一种异样的感觉。又是飘飘然吗？好像是的。但是，他好像只理会了这"不走了"三个字的一种含意，却忽略了这三个字的另一种可能的解释。很可惜，他没有看到，这女子在说这三个字的瞬间，眼角里的神情，显出如是的严冷！

女孩一转身，这女子引领着鲁平穿过了一间屋子而踏上了楼梯。鲁平在跨梯级的时节，在惊奇着整个屋宇中的沉寂。据他的想象，这宅洋楼里似乎还应该比较热闹些，尤其，看看手表，不过十二点多一些，时候似乎并不算是太晚呀。

夜是神秘的，地方也是神秘的，一旁这个闪动着黑眼珠的女人，尤其是神秘而又神秘的。神秘充满着整个屋宇，也充满着鲁平整个的心。

至少，他不再像昨夜一样，一走进那宅公园路的屋子，马上就喊："太不够刺激！"

五分钟后鲁平被招待进了一间憩坐室。这间屋子，地方很宽敞，布置得辉煌绮丽，富有罗曼蒂克的气氛。空气是温馨的。

一走进憩坐室，这女子随手把她的手提夹，向正中一张桃花心木的小圆桌上一摔，马上脱掉短外褂。然后，走到一座面街的窗盘之前，把窗帘扯开一半，开了一扇窗，放进了些夜的凉意来。

月光掠过了窗外草地上一株法国梧桐的树梢，乘机溜进窗口，想偷看看窗里的人，正在做些什么。

这女子扭转身躯，指指一张铺着天蓝锦垫的双人沙发，轻轻说："先生，请随便坐。这里，可以跟你的家里一样，不用拘束的。"

然后，她拿起了她的手提夹，把外褂挟在臂弯里，向鲁平微微地一鞠躬："我要去换掉一双鞋子哩，先生！"

嗯，你听，这里可以跟"你的"家里一样，不用拘束的话，说得多么那个呀！

可是鲁平依旧站在那里，没有坐下来，他有点迟疑。

这女子已经把那扇通连卧室的门，推开了一道狭缝，她重新旋转身来，向鲁平飞了一眼，讥刺似的说："我这里'又没有埋伏又没有兵'，你可以绝对放心。等等，假使谈得太晚了，我可以把我这间卧室暂让给你。大概不至于使你感觉太不舒服。"

她把那道门缝放宽些，让鲁平把视线从她的肩尖上面穿送过去。在这一瞥之顷，鲁平只看到了那张床的一角，被单，雪一样的耀眼，不像普通女子的床铺设得花花绿绿。清白的长枕，叠得挺高的。

一幅幻想的图书，悠然在鲁平的脑膜上轻轻一闪，这样一张床，旁边，有个谈话的女子，长发纷披在雪一样的枕上，像黑色的流泉，映衬着玉色的颈、肩、臂……这是如何的情味？

他的心头起了一朵小浪花。

那个红蓝条子的倩影，掩入了室内，门，轻轻关上了。

鲁平随便挑了张沙发静坐下来，开始欣赏四周的陈设。这里的家具，不太多，也不太少，似乎多了一件或者少了一件都足以破坏那种多样统一的美。

他的视线首先投射到一个角隅之中，那里，有座桃花心木的贴壁三脚架，安放着一座青铜雕刻品，那是一个裸体的少女，肩背间掮着一个大花篮。那个少女的神

127

情，何等娇憨？星眸微盼像在向你撒娇地说：累死我了！能不能允许我跳下架子来玩玩呢？

另一隅安设着一座落地收音机，簇新的流线型。跟这收音机成一对角线的，是一口桃花心木的酒橱，罗列着若干瓶西洋酒和酒器，看看那些精致的酒器，先就使人心醉。

嘿！这是一个都市立于倚仗她的原始资本所取获的豪华享受之一般。在这个奇怪的世界中，倚仗你的刻苦精神，真实努力，而想取获这种享受之万一，朋友，请别做梦吧！

然而，像眼前的这位黎亚男小姐，除了依靠她的交际以取获她的享受之外，似乎还有其他不可究诘之处咧。鲁平静静地在这样忖度。

转念之顷，室门呀然轻启。只见那个神秘女子，带着另一种灼人的魅力，又从卧室里面走出来。

她的衣服更换了。换的是一件普鲁士蓝软缎的梳洗袍。那件长袍裁剪得非常特别，衣袖短而宽，张开着，像是两柄小绸伞，腰里那条丝条，看来并不曾束得怎样好，胸部半袒，举步时，衣角一飘一曳，健美的腿若藏若露。赤脚，趿着一双草拖鞋。

这女子的神情，始终是刻刻变换的：在郁金香内，跟三轮车上不同；在三轮车上，跟回转这宅洋楼时不同；

在未换衣服之前，又跟眼前的神情，绝对不同。

现在，她跟最初好像完全换了一个人。她的眼角充满着冶荡。蓝色的衣袂，飘飘然，像在播散着暮春季节的风，使这冷静的一室，增添了醉人的温暖。

她把一听刚开听的绞盘牌，连同一架桌上打火机一起送到鲁平身畔，柔声地说："先生请抽烟。"顺便，她把鲁平放在膝盖上的那顶呢帽，拿过去挂起来。

鲁平飘眼看看那听烟，他不知道想起了什么，并不曾把手指伸进烟听子里去。

这女子还在说："先生，我很尊重你的意见，不让有人打扰我们的谈话，我没有把下人喊起来。因之，除了纸烟，不再有什么东西可以款待你，真抱歉！"

"我们自己人，别太客气，亲爱的。"鲁平在摸索他自己那只烟盒。

这女子走向那口桃花心木的酒橱，她说："要不要喝点酒？良夜客来酒当茶，行吗？"

"好吧，亲爱的。"这边随口回答，他在烧着自己的烟。

这女子站在那口酒橱之前，在检视她这小小的酒库之内有些什么佳酿。她背转着她的普鲁士蓝的倩影说："噢，这里有瓶寇莉莎酒在着。酒，不算太名贵，记得送给我的人曾说过，这酒已经储了好几年，想必不错哩。"

"美极了!"这边随口称赏。他在纸烟雾里欣赏她的比酒更醉人的线条。

这女子开了玻璃橱门,把一瓶纯白色的酒拿到手里,似乎很费了点力,方始钻开了那个瓶塞。然后,她又伸手到另一层橱格上去拿酒杯。

这时,鲁平从背后望过去,看到了一件使他认为有点可怪的事。

原来,这女子在酒橱的上一层里,拿起了一只高脚的玻璃杯,这一层中,放着一组同样的杯子,一共五只,她从这一组中只取了一只。然后,却从另一层的另一组酒杯中,另外又取出了一只。远远里看去,两只杯子完全是一式的。奇怪呀,既然是同式的,那么为什么要从两组杯子中分别取出两只来呢?

鲁平开始密切注意了。

只见这女子背着身子把瓶内的酒斟进了两只酒杯。她把斟上酒的杯子放进一只珐琅瓷的盘子里。然后,托着盘子旋转身躯,把盘子端过来。

她并不把酒直接送向鲁平身前,却把这个小盘子送到了那张桃花心木圆桌上。在将要放下的瞬间,鲁平曾注意到她的眼光,好像向这盛着酒的两只杯子,着意注视过一眼。其次,她的另一个动作更可注意,她把那只盘子放在桌子上后，却用迅捷的手法，把这盘子旋转了一下。于是，本来靠近她自己的那只杯子，变成靠近鲁平这一边。

这个动作太可注意了，但是鲁平假装完全没有看见。

他不等这女子向他招呼，先从沙发上站起来，走近那张小圆桌。他运用着敏锐的目光，开始查阅这两只玻璃杯。嗯，这期间，毕竟有些何等的魔术呢？奇怪之至，这两只杯子，一望之下，完全是一样的，杯子上画着些细小的米老鼠卡通，红黑间色，看来很可爱。杯口有几条红蓝二色的线，绝细的。仔细再一看，看出毛病来了！毛病就在于这些红蓝二色的线条上。这些细线，一共四条，红蓝二色相间。其中之一只，红线条在最上，一条红的，一条蓝的，再一条红的，再一条蓝的，而那一只玻璃杯，却是蓝线条在最上，先是蓝线，然后红线，成为蓝、红、蓝、红。

蓝线在上的那只杯子，靠近她自己。

看来那只杯子是可靠的，而另一只，哼！不大靠得住！

鲁平在看出了这些毛病之后赶快把视线改换方向，别让对方看出了他的起疑。他故意在他的气腔里面灌进了点氢气，让自己的骨骼显得格外飘飘然起来。他的眼珠，好像变作了两枚虫豸，从那颗小黑痣上蠕行下来，蠕行过她的粉颈，蠕行进她的半露的胸膛。

那双色情的眼，渐渐变成了两条线。

对方看到了这可憎的样子，身子一扭，胸间的蓝色线条起了一种波浪纹。她撒娇地说："做什么这样地盯着我?"

"你太美了。"他的声音有点颤动。

"你太渴了吧?"对方也用一种有甜味的颤声回答他。那对黑宝石飘回到两只玻璃杯子上，"酒可以暂解你的渴。你看这种酒，色泽是纯洁的，滋味非常甜蜜，这可以象征我们以后的友谊。"

"噢，以后吗? 为什么要以后?"他还没有饮酒，舌尖已经含糊了，"我喜欢现实。说得前进点——我是不怕正视现实的。"

他密切注视着那涂蔻丹的纤指，在抢先一步，向那只玻璃杯子伸过去。好极，安全第一!

就在这个瞬间，鲁平突然旋转了脸，做出一种倾听的神气，眼光直望着窗外。

呜，呜，呜，一辆汽车划破了夜之静寂正在窗外轻捷地驶过。

她这伸手取酒的动作，让鲁平这种突如其来的惊怪状态阻止了。

她不禁移步走向窗前探头向窗外望了望。

立刻，鲁平就把那只珐琅瓷盘转了一个身。

这女子也马上回向小圆桌前。她向鲁平惊异地问："你听什么?"她的睫毛跟着垂下，凝视着那两只玻璃杯。

酒杯里在起波浪纹！

# 二十　摊开纸牌来

那对"黑宝石"，从酒杯上抬起，凝视在鲁平的脸上。她耸耸肩膀，在冷笑。

忽然，她胸前的蓝色线条又是一阵颤动，咯咯咯咯咯，她竟扬声大笑起来。

这样的笑，在她，已经并不是第一次。在郁金香，她曾同样地笑过一次，那是在我们这位红领带英雄被剥夺了警卫员的假面具的时候，她这笑，笑得非常美，非常媚。就为笑得太美太媚了，听着反而使人感觉非常的不舒服。

鲁平在想，怎么？难道把戏又被拆穿了吗？

他忍不住发窘地问："你笑什么呀，亲爱的？"

"我笑吗？嗯，亲爱的，"她也改口称鲁平为亲爱的了，"你，真胆小得可爱，而也愚蠢得可怜！"

"我，我不很懂得你的话。"

"请勿装佯！"对方把双手向纤细的腰肢阔一叉，噘着红嘴唇直走到鲁平身前说，"请问，你是不是把这两只杯子换了一个方向？"

这女子会掷出这样一个直接的手榴弹，这，完全出于鲁平之不意。他瞪着眼，呆住了。至少，在这片瞬间他是呆住了。

对方带着媚而冷的笑，像一位幼儿园中的女教师，教训着一个吃乳饼的孩子那样向他教训说："你不敢在我家里抽我的纸烟，为什么？你全不想想，一整听刚开听的纸烟，我可能在每支烟内，加上些迷药之类的东西吗？哎呀，你真胆小得可爱！你太迷信那些侦探小说上的谎话了。"

"嗯……"鲁平的眼珠瞪得像他部下孟兴的眼球一样圆！他听他的女教师，继续在向他致辞：

"还有，你把这两个杯子，换了一个地位，这又是什么意思？请你说说看。"

"……"

"噢，你以为，我在这两只杯子的某一只内，已经加上了些蓝色毒药或者氰化钾了吗？假使我真要玩这种小戏法，我能出场让你看出我的戏法吗！傻孩子，难道，你全不想想吗？"

吗？吗？吗？吗？吗？

鲁平一时竟然无法应付这些俏皮得讨厌的"吗"！

这女子把腰肢一扭，让全身闪出了几股蓝浪。她飘曳着她的伞形的大袖，走回那只桃花心木的圆桌，她说："胆小的孩子，请看当场表演吧！"

她把两只杯子一起拿起来，把右手的酒，倾进左手的杯子，再把左手的酒，倾进右手的杯子，倾得太快，酒液在手指间淋漓。咕嘟，咕嘟，她在两只杯子里各喝了一大口。

她的喝酒的态度非常之豪爽。

然后，她把两杯中之一杯递向鲁平的手内，嘴里说："现在你很可以放心了吧？亲爱的！"

鲁平在一种啼笑皆非的羞窘状态之下，接过了那杯酒。他连做梦也没想到，他的一生将有一次，要在一个女孩子的手里，受到如是的攻击。

叮当，杯子相碰。两个脸同时一仰，两杯酒一饮而尽。

酒，使这个女子增加了风韵，酒，也使鲁平掩饰了窘态。

空气显然变得缓和了。

鲁平放下杯子，夹着纸烟，退坐到那双人沙发上。这女子挈挈衣襟，遮掩住赤裸着的大腿，挨着鲁平坐下。

电一样的温暖，流进了鲁平的肩臂，浓香在撩人。她伸手抚弄着鲁平的领带，投射着轻轻的嘲弄："久闻红领带的大名，像原子弹那样震耳，今日一见面，不过是枚大炮仗而已！嘿，胆量那么细小，怕一个女人，怕一杯酒！"

鲁平突然把身子让开些，愤怒似的说："小姐，你注意我的领带，是几时开始的？"

"在郁金香里，何必大惊小怪呀？"

鲁平暗暗说："好，你真厉害！"

这女子又说："告诉你吧，今天下午，我接到情报，有人在四面打探我昨夜里的踪迹，我就疑心了。但我没有料到就是你——鲁先生。"

"哈！你的情报真灵！"鲁平苦笑。心里在想，看来韩小伟这小鬼头，他的地下工作，做得并不太好啊。

这女子把左腿架上右腿，双手抱住膝盖，嘴唇一撇，"难道，只有你的情报灵？"

鲁平伸出食指碰碰那颗小黑痣，呻吟似的说："我的美丽的小毒蛇，我佩服你的镇静、机警！"他把那股暖流重新搂过来，欣赏着她的浓香，"亲爱的，你使我越看越爱，甚至，我连你的沟牙管牙也忘掉了！"

这是鲁平的由衷之言。真的，他的确感到了这条蓝色响尾蛇的可爱了！

这女子把她的小黑痣贴住了鲁平的肩尖，嘤嘤然道："据我记忆所及，你在郁金香门口开始，称我为亲爱的，到现在，已经造成了第三十六次的纪录啦。"

"你的记忆真好，亲爱的！"

"第三十七次。"

"你愿意接受这个称呼吗，亲爱的？"

"三十八！"那对有暖意的黑宝石镶嵌上了鲁平的脸，"我以为这三个字，在一面，决不能随便出口；另一面，也决不能太轻易地就接受。记得，西方的先哲，曾为'爱'字下过一种定律：爱的唯一原则，决不可加害于对方。好像圣保罗也曾向什么人这么说过的。"

鲁平在惊奇着这个女子的谈吐的不凡。他索性闭上眼，静听她嘤嘤然说下去。

戒备，快要渐渐融化在那股浓香里！

她继续在说："假使上述的定律是对的，那么，你既然称我为亲爱的，你就该放下任何加害我的心，对吗？"

"对！"这边依旧闭着眼。

"那么我们绝对应以坦诚相见，对吗？"

"对！"

"你说那个陈妙根，是我亲自带人去把他枪杀的，对吗？"

"对呀！"鲁平突然睁开眼，"难道你想说不？"

"嘘，我曾向你说过不吗？"她侧转些脸，在鲁平脸上轻轻吹气，一种芝兰似的气息，在鲁平脸上撩拂。

"老实告诉你，我对这件事，原可以绝不承认。因为我并没有留下多大的痕迹，没有人会无端怀疑到我。"

鲁平在想：小姐，自说自话！

她在说下去："但是，我在郁金香内一看到说这话的人是你，我就不再想抵赖。我知道跟你抵，不会有好处。"

香槟跑过来了！

世界上的怪人，上自满脸抹上胜利油彩的那些征服者、接收大员，下至一个小扒手，都喜欢香槟：接收大员当然欢迎有人称颂他的廉洁，小扒手当然也欢迎人家说他"有种"。总之，一头白兔也欢迎有人抚抚它的兔子毛。我们这位绅士型的贼，当然也不能例外。

他被灌得非常舒服。但是他还故意地问："为什么一看见我，就不想抵赖呀？"

"一来……"她只说了两字，却把那对"黑宝石"，镶嵌上了那条鲜红的领带。然后微微仰脸，意思说是为了这个。她索性把鲁平的领带牵过去，拂拂她自己的脸，也撩撩鲁平的脸。

"还有二来吗？"这边问。

"二来，我一向钦佩你的玩世的态度。"那对黑宝石

139

仿佛浸入在水内，脸，无故地一红，"你知道，钦佩，那是一种情感的开始哩！"

鲁平像在腾云了！——但是，他立刻骤然觉悟，在一条小毒蛇之前腾云是不行的。他把身子略略闪开些，真心诚意地说："听说，那个陈妙根，是个透顶的坏蛋哩。"

"当然哪！否则，我何必捣碎他？"

"你有必须捣碎他的直接理由吗？"

"当然！"

"我能听听你的故事吗，亲爱的？"

"我得先看看你的牌。"蓝色线条一摇。

"已经让你看过了，不是吗？"

"不！"睫毛一闪，"我要看的是全副。假使你是真的坦白对我，你该让我先听听，你在这个讨厌的故事上，究竟知道了多少了？"

"知道得不多。"鲁平谦逊地说。他在想，虽然不多，好在手里多少有几张皇与后，你别以为我是没有牌！想的时候他把身子坐直，整一整领带，换上一支烟，然后开始揭牌。

"亲爱的，你听着，"他喷着烟，"第一点，你跟你的同伴，是在上夜里十点五十分左右，走进那宅公园路的洋房的，即使我提出的这个时间略有参差，但至多，决不会相差到十分钟以上！"

他的说话的态度，坚决、自信，显出绝无还价之余地。对方颔首，表示"服帖"。

"你带领着两位待从，连你，一共三个。"

那双妩媚的眼角里透露出一丝轻倩的笑。她说："噢，连我，三个？好，就算三个吧。"

"就算？字眼有问题。"鲁平忍不住说，"假使我是发错了牌，亲爱的，请你随时纠正。"

"别太客气，说下去。"

鲁平觉得对方的神气有点不易捉摸，他自己警诫，发言必须留神。否则，会引起她的第三次的咯咯咯咯，那有多么窘！

他继续说："你的两个侍从，其中一个，带着手枪——带的是一支德国出品的'Leuger'枪，带枪的那个家伙个子相当高，他姓林。对不对？"

他吃准刚才在郁金香门口跟黑鹏比武的那个工装短发的青年，就是昨夜里的义务刽子手。他听这位黎小姐用日本语称他为"海牙希"，所以知道他是姓林。

这女子居然相当坦白，她又抚弄着鲁平的领带，嘴里说："名不虚传！"

鲁平在对方的称赞之下得意地说下去："还有一个，大概就是刚才在郁金香内陪你小坐过一会儿的青年绅士。

穿米色西装的。你说他姓白。他和你的交情很不错。大约他像我一样，喜欢称你为亲爱的，纪录也一定比我高，对吗？”

他的问句显然带着点柠檬酸。

她耸肩：“你看刚才那个穿米色西装的小家伙，线条温柔得像花旦博士一样的，他会参加这种杀人事件吗？喂，大侦探，说话应该郑重点，别信口乱猜，这是一件杀人案子呀！”

她又耸肩，冷笑，神气非常坚决，绝对不像是说假话。鲁平在担心，不要再继之以一阵咯咯咯咯。还好，她只冷笑地说：“大侦探，请你发表下去吧。”

“那么，”鲁平带着窘态，反问，“除了那个姓林的家伙以外，还有一个是谁？”

“还有一个是谁吗？告诉你，根本不止还有一个哩。”

“那么，还有几个，是些什么人？”鲁平真窘。

“你问我，我去问谁？”一枚纤指在他脸上一戳，“别让‘大侦探’三个字的招牌发霉吧！”

她怕这位红领带的英雄下不了台，立刻就用一种媚笑冲洗他的窘姿。她说：“别管这些，你自管自说下去吧。”

鲁平带着点恼意说：“你们这一伙，”他不敢再吃定是三个，“在那洋房的楼下，先击倒了两个人，把他们拖进一间小室，关起来。对不对呀？"

"对，说下去。"

"之后，你们闯进了二层楼的憩坐室。那时候，陈妙根已经回来。你，曾在那张方桌对面坐下来，与这坏蛋，开过一次短促的谈判。这中间，你们曾威胁着他，把一串钥匙交出来，打开了那只保险箱，搬走了些什么东西，连带走了那串钥匙，对吗？"

"对，说下去。"

"在谈话中间，你曾敬过这位陈先生一支绞盘牌。对吗？"

"好极。"红嘴唇又一披眼角挂着点讥笑，"一个专门以拾香烟屁股为生的大侦探，倒是福尔摩斯的嫡传。嘿！还有呢？"

鲁平带着点无可奈何的恼怒在想：小姐，暂时你别太高兴！拖着红色领带的人，不会带着鼻子上的灰就轻轻放手的！想的时候他说："你记不记得，那位陈妙根先生，在跟你开谈判的时候，曾把一沓钞票，横数整数数过好几遍。对不对呀？"

那对"黑宝石"突然闪出异光。她要在喃喃地自语："是的，当时他曾向我借过一张钞票哩。"

噢，他曾向你借过一张钞票？是美金？美钞？伪币？还是CNC？鲁平猛喷了一口烟，烟雾中浮漾着得意。

这女子格外怀疑了。她知这鲁平的得意是不会无因的。

鲁平紧接着问："你知道这一小叠钞票的用途吗？"

这女子思索了一下而后说："他把那钞票，整理了一下，想差遣着我们中间的一个人，代他去买一听纸烟。"

鲁平暗暗点头，在想，这是一个欲擒故纵的好办法。想的时候他问："当时你们怎么样？"

"当然不理他。"

鲁平在想，好极了，你们当然是"当然不理他"，而那位将要进眼铁质补品陈妙根先生，当时所希望的正是你们的"当然不理他"，然后，他才能把这遗嘱一样的线索，随便留下来，真聪明，聪明之至了！

他对那位已经漏气的陈妙根先生，感到不胜佩服。他又问："当时你曾注意他的神气吗？"

"他知道死神已经在他头顶上转，他很惊慌，吸纸烟的时候甚至无法燃上火。"这女子在怀疑的状态之下坦白地回答。她想听听鲁平的下文。

这边却在想，好，精彩的表情！他又问："后来，你曾注意到那叠钞票的下落吗？"

"没有。"

鲁平想，这是应该注意的，而你竟没有！聪明的小毒蛇。凭你聪明，你也上当了！

他微微耸肩尽量喷烟，暂时不语。

沉默使对方增加怀疑，她的那颗精彩的小黑痣再度贴上了鲁平的肩尖，催促着："咦！为什么不说下去呀？"

鲁平赶紧闪着这个纸币的问题，他说："我手里还有好多张纸牌哩。"

"那么，揭出来。"

"我的最重要的一张，知道你们发枪的时间，是在十一点二十一分。毫无疑义！"

那双黑眼珠仰射在鲁平脸上，表示着无言的钦佩。

"还有，我知道你们在开枪打死了陈妙根之后，曾在尸室中逗留过一个短时间，约莫五分钟左右。对吗？"

"对。"

"还有，我知道在这最后逗留的时间中，你们中间有一个人，曾把窗帘拉下来。对吗？"

"对。还有？"

"我又知道，最初，你们并不曾准备就在那屋子里用枪打死他，我猜测得不错吗？"

"歇洛克，请举出理由。"

"因为，你们用的那种 Leuger 枪，声音太大，你们决不会傻到连这一层也绝不考虑。对不对呀？"

# 二十一　蓝色死神

　　"亲爱的歇洛克，你的猜测相当聪明。但是，你还缺漏一些小地方。别管这个，你且说下去。"那颗小黑痣在鲁平的肩尖上摩擦。

　　鲁平在那股浓香中继续说："之后突然地开枪，那是由于一种意外的机缘所促成，恰巧，有几位盟军，在吉普车上乱掷掼炮，这是一种很好的掩护。亲爱的，我猜得对吗？"

　　他不等对方的回答连着得意地说下去："所以，我说，这种内战杀人的机会，正是那几个坐吉普的盟军供给的！"

　　"你说内战，这是什么意思呀？"黑眼珠中闪出了可怕的光！

　　"我的意思是说，你们跟这陈妙根，原是一伙里的人。"鲁平随口回答。

他并没有注意到这条蓝色响尾蛇，在盘旋在作势。

这女子暂时收敛去眼角间的锋芒，她问："你说我们跟这坏蛋陈妙根，是一伙里的人物。你的理由呢？"

"理由？"鲁平向他冷笑，"你听着，打死陈妙根的这枪，是'Leuger'枪，而陈妙根有一支自备手枪，也是这种同式的德国货。据我所知，这种枪，过去只有一条来路，因此我可以肯定地说：'杀人者与被杀者，正是一丘之貉，同样的不是好东西！'"

对方撇嘴，"先生，在你还没有把问题完全弄清楚之前，请你不要太性急地就下论断。"

"是是，遵命。"

这女子又问："你的皇牌，就是这几张吗？"

鲁平沉下了他的扑克面孔说："也许，还有哩。但是，我想看看你的牌，第一我要问问，你们有什么理由，要枪杀这个陈妙根？"

这女子霍然从沙发上站起双手叉着腰，睁圆了她的黑眼珠，说："他专门残害同伙，他手里把握着许多不利于我们的证据，时时刻刻，在准备跟我们过不去，就凭了这点理由，捣碎他，你看该不该？"

这女子的美丽凶锐的眼神使鲁平感到寒凛。他冷然回答："该该该！那么，你承认，你是这个陈妙根的同伙之一了，是不是？"

"是的，我承认。"

"他是日本人的一只秘密走狗，你知道不知道？"

"嗯！这……" 她的睫毛渐渐低垂，这条蓝色毒蛇正在加紧分泌毒液到它可怕的毒牙里去。

而鲁平还在冷然讥刺她说："亲爱的，想不到你也是一件名贵的汉器，失敬之至。"

那只黑眼珠突然抬起，冷笑着说："先生，请勿把这大帽子，轻轻易易戴到我的头上来。你必须知道，世间的各种事物，都是有差别而没有严格的界限的！"

"亲爱的，我不很懂得你的话。"鲁平说。

这女子飘曳着她的蓝色的衣襟，在沙发之前踱来踱去，自顾自说："有一种虫类在某一种环境里会变成一棵草，而在另一环境之下，它却依旧还是一条虫。例如冬虫夏草之类的东西，你总知道的。"

"亲爱的，我不懂得你这高深的哲学！"

"不懂得？"那只黑眼珠向他斜睨。她反问："你说我是一个汉奸，是不是？"

"你是陈妙根的同伙，而陈妙根却是日本人的走狗。"鲁平向她鞠躬，"小姐，抱歉之至，我不得不这样称呼你。"

"那么，请听我的解释吧。"她耸肩，冷笑，"所谓

148

忠，所谓奸，在我看来，也不过是一种环境与机会的问题而已。"

"噢。"他的脸色，突然变得非常的严冷。

"尤其在我们这个可怜的中国，这种染色的机会是特别多，过去如此，现在如此，将来，将来恐怕还是如此！所以，先生，在你自己还没有'装箱'，在你自己还没有把你的人格准确估定之前，我要劝劝你，切莫随随便便，就把'汉奸'两字的大帽子，轻易向别人的头上抛过去！"

鲁平向她眨眨眼，说："小姐，你很会说话。这是一种自白书上的警句哩。"

这女子冷笑着说："我还不曾被捕，你也不是法官，我们站在法律圈外说话，我正不必向你递送什么自白书。不过，我倒还想告诉你……"

"你想告诉我什么，亲爱的？"

"我想告诉你，戏台上的白鼻子，实际上不一定真是小丑；同样，在戏台上戴黑三髯口而望之俨然的，在戏房里，那也不一定真是忠臣义士咧。所以，先生，我希望你不要把戏台上的事情看得太认真。"

"小姐，"鲁平也向她冷笑，"你这伟大的议论，是不是企图说明，你虽是陈妙根的同伙，而实际上，你是非常爱国的，是不是如此？"

这女子的眼角，透露轻鄙之色，而也带着点痛苦，她说："爱国，不是修辞学上的名词，而是一个实际的良心问题。"她把语声提高了一些，"假如我告诉你，过去，我为求取良心上的安适，我曾几次用我的生命作赌博，你相信吗？"

"小姐，我向你致敬！"

这女子轻轻叹了口气，似乎不再想辩白。

两人暂时无语，室内暂归于沉寂。

时光在那蓝的线条、红的嘴唇，与漆黑的眸子的空隙里轻轻溜走。这使鲁平并不感觉疲倦，也并不感觉到时间已经消磨得太长。

夜，渐渐地深了。

偶然一阵夜风从那开着一半的窗口里吹进来，拂过鲁平的脸，使他憬然觉悟到他在这间神秘而又温馨的屋子里，坐得已经相当久，他伸欠而起，望望窗外的夜色，弯着手臂看看手表，他在想，现在，应该谈谈主题了。

一切归一切，生意归生意！

他仍旧保持着若无其事的态度说："小姐，你在那只保险箱里，搬走了些什么呀！"

"我已经告诉过你，"她皱皱眉毛，"那是一些不值钱的文件。但是留在陈妙根的手里，却能致我们的死命。这是我们昨夜到他屋子里去的整个目的。"

"你的意思是说陈妙根有了那些凭证，可以告发你们，是吗！"

"正是为此。"

"那么，你们同样也可以告发他呀。别忘记，现在是天亮了。"

"天亮了！只有势力，没有黑白；只有条子，没有是非！"

她对所谈的问题，似乎感到很痛苦。一扭身，向对面另一只沙发内坐下。坐的姿势相当放浪，蓝色线条只拖住了她的玉色线条之一部，而袒露着另一部。

鲁平把尖锐的眼光注视着她。他在估计这个神秘女子所说的话到底有几分真实性。

对方赶紧把衣襟挈一挈。

鲁平的视线，从这蓝色线条上掠向那个掮花篮的裸体人像，而又重新掠回来。他在想，裸露那是一种庄严；而掩藏，倒反是种可憎的罪恶哩！

他把纸烟挂上嘴角，说："你说这个世界，只有条子，没有是非。听你的口音，这个陈妙根的手头，大约很有些条子哩。是吗？"

"当然哪！"对方跷起赤裸着的一足，草拖鞋在晃荡，"现在，他已成为一个秘密的敲诈家，难道你不知道吗？"

151

"那么，在那只保险箱内，应该有些条子、美钞之类的东西的，对不对？"他由闲话进入了正文。

"没有，绝对没有！"她的口气坚定。

鲁平在想，是的，一个美丽的果子，必须要设法剥它的皮，然后才有汁水可吃。想念之间，打着哈欠。噢噢噢噢，他故意装出了满面的倦容说："近来，我的身子真不行。医生告诉我，我已患了恶性的贫血病。"

对方是聪明的。她听鲁平提到那只保险箱，她就知道鲁平快要向她开价。于是，她睁大了那对"黑宝石"，在静听下文。

鲁平说："这种贫血症有一个讨厌的征象，就是喜欢多说话，说得的要说，说不得的也要说。"

这女子现出了一种会心的微笑，"你的意思是，假使有人输给些血，就可以治好这种多说话的病，是不是如此呀？"

鲁平向她颔首。心里在想：所以，小姐，还是请你识相点。

"那么，你需要多少血，才可以治愈你这讨厌的毛病呢？"

"大概需要一千CC吧？"他的语气，带着点商量的意思。他把一千代表着一千万；他把CC代表着CNC，意思非常明显。这是他在昨夜里所期望于那只保险箱的数目。

"少一点行不行？"

"太少，怕不行。"他摇头，"但是稍微短少些是不碍的。"

看在她的美貌的分儿上，他愿意把生意做得格外迁就点。

"好吧。"这女子霍然从沙发上站起，"让我找找能不能先凑出些数目来。"但是她又皱皱眉，"时间太晚了，凑不出的话，等明天再说，行吗？"

"行！"鲁平大方地点头。他的眼光从她脸上轻轻飘落到她手指间那颗潋滟如水的钻石上。他在想：凭我这条红领带，缚住你这小雀子，不怕你会飞上天！

这女子扭着她的蓝色线条走到了卧室门口，忽然，黑眼珠轻轻一转，不知想起了什么，她又旋转身躯，走向那座流线型的落地收音机。她伛着身子，开了灯，拨弄着刻度表，嘴里说："你太疲倦了。听听无线电，可以提提神。"

"好吧，亲爱的，多谢你。"鲁平在这一场奇怪交涉的间歇中，果真感到有点倦意。他在闭眼，养神，心无二用，专等拿钱。

他的姿势像是躺在理发椅上等待修面。一阵阵嘈杂的声音，从那盘子里流出来，打破了整个的沉寂。

这女子把指针停住一个地方，空气里面，有一位曾被正统文人尊称为先生的花旦小姐，正在表演一种患肺病的鸭子叫，嗓音洪亮得可观。

鲁平闭着眼在想，一个外观如是漂亮的人，要听这种歌，好胃口呀！

想的时候那个女子已经再度走到卧室门口，旋着门球而又旋转脸来说：“听吧，这是某小姐的临别纪念，最后一次。明天再想听，不能了！”

“噢。”鲁平并没有睁开眼。

他听拖鞋声走近了卧室。不一会儿，再听拖鞋声走出卧室，关上门。他疲倦地微微睁眼，只见这女子，从卧室里带出了一只手提饰箱，小而玲珑的，约有一英尺长，六英寸高。她把小箱放到了那只桃花心木的圆桌上，背向着窗口，在用钥匙开箱，揭起的箱盖，遮断了他的视线，看不见箱内有些什么。

为了表示大方起见，他又重新阖上眼皮。

这女子一面检点箱子里的东西，一面却在唧唧哝哝说：“你看，你竟倦到这个样子，要不要煮杯咖啡给你喝喝？”

“不必，亲爱的。”

“我预备着 SW 牌子的咖啡，一喝之后，绝不会再感疲倦。”

"不必费事，亲爱的，多谢你。"

他紧闭着两眼在想，假使对方先拿出些首饰来作价的话，他就不妨马虎些。她的左颊，有一颗迷人的黑痣，看在"黑痣"的分儿上，应该克己些。

他正想得高兴哩，突然，一种尖锐骇人的语声，直送到他耳边说："朋友，站起来！漂亮点，不要动！"

他在一种出乎不意的骤然的震惊之下，蓦地睁圆了眼，一看，一支手枪隔桌子对着他，枪口正指向他左胸口。

嗯，昨夜里那只日本走狗吃枪的老地方！

他呆住了！说不出话来。

"站起来呀！"枪口一扬。

他只好无可奈何地站起来，伸伸腰，走近些圆桌，故作镇定地说："亲爱的，你做什么呀？"

"用眼睛看吧！"语声还是那样甜。

在这一震之间，他方始想起，这女子所说的 SW 咖啡是什么意思，原来，她手里拿着的，正是一支 Smith and Wason 牌子的小左轮 SW！

这位蓝色死神执枪的姿势非常美。枪口带点斜，是一种老手的样子。从执枪的姿势上可以推知她的心理，真的要开枪。

而且，那支枪的式样，也玲珑得可爱，绝细的蓝钢枪管，配上刻花的螺钿枪柄。这样可爱的一个人，执着这样可爱的一支枪，好像令人死在枪口之下也会感到非常乐意似的。

然而鲁平却还不想死，他急得身上发黏，他在浑身发黏中歪斜着眼珠，懒洋洋地说："你，真的要开枪，亲爱的？"

"事实胜于雄辩，看吧！"蓝钢管子又一扬。

只要指尖一钩，撞针一碰，一缕蓝的烟，一摊红的水，好吧，陈妙根第二！

鲁平赶快说："小姐，你要惊扰你的邻居了。"

"我没有近邻，难道你忘了。"

他方才想起，这宅神秘的小洋楼，四下确乎是脱空的，夜风正从这女子背后一扇开着的窗里飘进来。街面上沉寂如死。

她脸向着那座收音机，噘噘红嘴唇。收音机中吵闹得厉害，那位表演鸭子叫的小组，正在播送最后一次的歌唱，所谓"临别纪念"。好吧，这条蓝色小毒蛇，每句话都有深意的。

他又赶紧说："你多少要惊动点人。"

他以不经意的样子，再向那只桃花心木的小圆桌移近一步，想试试看有没有生路可找。

"退后去些，站住！"这位美丽的蓝色死神，先自退

156

后一步，逼住鲁平也退后一步，她等鲁平站住之后也站住，使双方保持着一个不能夺枪的距离。

在这样的局势之下，却使我们这位红领带的英雄感到没法可施。他急得默默地乱念咒语，念的大约就是"二十年后又是一条好汉"的那种咒语。有一件事情，使他感到不懂，她为什么不马上就开枪？难道，她还存着猫儿玩弄耗子的心理吗？

他忍不住冒险地问："那么，为什么还不动手，亲爱的？"

"先生，别性急呀！马上，我就会医好你的讨厌的贫血症。不过我还有一句话，想要告诉你。"

"说吧，亲爱的。"

"刚才，我还没有看到你全副的牌，就打算在别的地方放平你，我几乎造成一种错误了。"

她在得意地发笑，咯咯咯，她这执枪发笑的姿态，美到无可形容。她的胸部是祖露的，玉色的曲线在起波浪线。

浓香正从圆桌对面喷射过来。一条爱与死的分界线。

鲁平在一种"横竖死"的心理之下，索性尽量欣赏着这颗迷人的小黑痣。他把脚步移近些桌子，讥刺地说：

"小姐，我看你是毕竟有些顾忌的。"

"顾忌？嘿！"纤肩一耸，"顾忌枪声吗？别忘记，昨夜我们能用大嗓子的'Leuger'枪，难道今夜倒会顾忌这小声音的 Smith？"

鲁平把视线飘落到那个蓝钢管子上，撇撇嘴："看来你这城隍庙里的小玩具，口径太小，打不死人吧？"

"你想侮辱这位 Smith 小姐，她会自己辩白的！"

蓝钢管子，像是毒蛇的蛇尖那样向前一探，鲁平赶紧闭上了眼。夜风继续从这女子背后的窗口里吹进来，拂在脸上，有点凉意。睁开眼来，对方依旧没有开枪，飘眼望望那个窗口，灵感一动，主意来了。

他嘴里在说："亲爱的，你怕惊动了楼下的人，对吗？"

"没有那回事。"

"你该考虑考虑，放平了我，用什么方法，处理放平以后的我？"

"放心吧！纳粹党徒们，有方法处理几千几万件人脂肥皂的原料，难道我没有方法处理你这一小件？"

"那么，亲爱的，你将用什么方法对付这个窗口里的人？"

他的视线突然飘向这女子的身后，露着一脸得意的笑。这女子在跳下三轮车的时候，心头本已留下了一个暗影，她以为鲁平身后，或许有人暗暗尾随而来。这时，她未免吃了一惊，她虽没有立刻旋转脸去看。可是她已因着鲁平那种特异的脸色而略略分了心，而鲁平所需要的，只不过是她的略一分心，突然，他像一辆长翅膀的坦克一样，隔着桌子伸手飞扑了过去。

叮当！小圆桌上的酒瓶酒杯全被撞翻。

"哦哟哇！"这女子的呼痛声。

"你拿过来吧！"手枪就在"哦哟"声中进了鲁平的手。

他用手背抹着额上的汗，喘息地向这女子说："小姐，我没有弄痛你吧？"

这女子望了一眼那个窗口，她涨红着脸暴怒得说不出话来。

鲁平把那只美丽的小玩具指定了她，"亲爱的，你真顽皮！料想你在背着书包上学的时候，一定也是非常顽皮的。我要罚你立一下壁角哩。"

蓝钢管子一扬，指指那个安放着裸体雕像的壁角。

这女子挈挈她的快要敞开的衣襟，怒容满面，迟疑着。

鲁平向她狞笑："小姐，我虽是个非形式的佛教徒，从来不杀人，但是我对一条小毒蛇，决不准备十分姑息的。听话些！"

蓝线条一扭，无可奈何地背转了身。

鲁平赶快检视着圆桌上的那只首饰箱，他以为，这个手提箱里决不会真有什么首饰的。哪知不然，这里面，居然有些东西在着哩。他不管好歹，一股脑儿把它们乱塞进了衣袋。

现在我们这位红领带的绅士，已把他的强盗面孔，整个暴露了出来。

他在接收完毕之后，远远向这立壁角的女子柔声招呼说：

"亲爱的，休息休息吧。我们明天再谈。"

他一手执枪，轻轻开门，悠然而出。

室内，无线电依然在吵闹。

这女子目送鲁平走出室外，她疲乏地叹了口气，走向室隅，把那座收音机关掉。她伸着懒腰，在沙发上倒下来。她的疲乏的眼光，空洞地望着远处，脸上露了一丝笑，笑意渐渐添浓，显得非常之得意。

但是，她完全没有防到，鲁平在出去以后重新又把室门轻轻推成一条缝，在门外偷窥她。

下一天，鲁平对于公园路的这一注生意，差不多已不再介怀。一向，他自认为是一个正当的生意人。他对每宗生意，目的只想弄点小开销，而他在这生意上，的确已经弄到了些钱，虽然数目很细小，但是，他决不会跟那些接收大员一样，具有那样浩大的胃口，一口气，就想把整个的仓库囫囵吞下来。

总之，他对这件事情，认为已经结束了。

不过还有两个小问题，使他感到有点不可解：

第一，上夜里，那个女子是明明有机会向他开枪的，她为什么迟疑着不开枪？

第二，那个女子曾在最后一瞬间，露出一种得意的笑。她为什么笑得如此之得意？

他对这两个问题无法获得适当的解释。

他在他的小小的办公室中抽着纸烟。纸烟雾在飘袅，脑细胞在旋转。

无意之中，他偶然想起了老孟昨天的报告。所谓美金八十万的大敲诈案，这报告是无稽的，近于捕风捉影。但是，由此却使他想到了那个中国籍的日本间谍黄玛丽了。

那个女子是非常神秘的，她有许多离奇的传说，离奇得近乎神话。所谓黄玛丽，并不是个真正的姓名，那不过是一个缩短的绰号而已，她的整个的绰号，乃是"黄色玛泰哈丽"；意思说，这是一个产生于东方的玛泰哈丽，黄色的。

真正的玛泰哈丽，是第一次欧战时的一名德国女间谍。她的神通非常广大；她的大名，曾使整个欧洲的人相顾失色。有一次，她曾运用手段使十四艘的英国潜艇化成十四缕烟！

这时，他忽想起这个玛泰哈丽的原文 Mata Hari，译出意思来，那是"清晨的眼睛"。

他的眼珠突然一阵转，他又想起了另外一件事。

他想起了昨天韩小伟的报告，那位黎亚男小姐，她有许多许多的名字，其中之一个，叫作黎明眸。他所以特别记住这个名字，那是因为，过去有个电影明星，叫作黎明晖。黎明晖与黎明眸，这两个名字很容易使人引起联忆。

黎明眸这个名字相当清丽，译成了白话，那就是"清晨的眼睛"，而这清晨的眼睛，也就是 Mata Hari。

他的两眼闪出了异光。

他在想：那么，这位又名黎明眸的黎亚男小姐，跟那黄玛丽，难道竟是一而二、二而一的吗？

# 二十二　最后之波折

若说黄玛丽跟这黎亚男就是一个人，不过在年貌上，却还有些疑点，根据传说，那个黄玛丽相当老丑，年龄至少已有三十开外。而这黎亚男，她的年龄，看来至多不会超过二十五岁。况且，她是那样的漂亮。

除此以外，从多方面看，这朵漂亮的交际花，跟那个神秘的女间谍，线条的确非常之相像。

他想，假使这两个人真是一个人的话，那么，自己贪图了些小鱼，未免把一尾挺大的大鱼放走了。

该死！昨夜里为什么没有想到这一点！

怪不得，昨夜那个女子，显出那种得意的笑。

他从座位里跳起来，抛掉烟尾。他像追寻他的失落了的灵魂那样，飞奔到门外，跳进了一辆停在门外的旧式小奥斯汀内。

他决定再到海蓬路二十四号的屋子里来试一次，能不能把已失落的机会重新找回来。

在车轮的飞驶中，他对那件公园路的血案构成了另一个较具体的轮廓，他猜测，那个被枪杀的陈妙根，跟那另一坏蛋张槐林，一定是把握住了这女子过去时什么重大秘密，想要大大地敲诈她一下。因之，才会造成前夜的血案。而那张槐林，或许前夜也是那位蓝色死神的名单上之一个。因为一向他跟陈妙根，原是同出同进的。而他之所以能免于一死，那不过是由于一种偶然的侥幸而已。

他觉得他这猜测，至少离事实已不太远。

照这样看来，孟兴的那个报告，所谓美金大敲诈案，或许多少有些来由哩。

汽车以一个相当的速率，到达了海蓬路。他并不把车子直驶到二十四号门口。远远里就刹住了车，跳下车来，锁上了车门。重新燃上一支烟，把它叼在嘴角里。然后，他向那宅洋楼缓缓踱过来。

那条路真冷僻，白天也跟夜晚一样静。抬头一望，这座小洋楼的结构，比之夜晚所见，显得格外精致，从短墙之外望进去，这宅屋子，静寂得像座坟墓，看来里面像是没有人。短墙边上，有两部脚踏车倚靠着，其中之一部，是三枪牌的女式跑车。他匆匆一瞥，没有十分在意。

短墙的小铁门照旧虚掩。他轻轻推门而入，踏上阶石，伸手按着电铃。

立刻有人出来开门，开门的人，正是昨夜那个小女孩——秀英。

"啊，鲁先生，是你。"女孩的脸上，带着一脸平静的笑，闪开身子，让他走进门去。

这女孩子的神气，使他有点奇怪。

她把鲁平引进了一间寂静的会客室，招呼他坐下来，然后，她说："鲁先生，我已等了你半天了。"

"你知道我要来？"他的眼珠亮起来。

女孩点点头。她又说："鲁先生，昨夜里，你把你的帽子遗忘在我们这里了。"

她回身走到一个帽架之前，取下那顶呢帽，双手送还了他，随后又说："先生，请等一等，还有东西哩。"

这女孩子像是一个《天方夜谭》中的小仙女，她以一种来无声去绝迹的姿态，轻轻走出室去，而又轻轻走回来。她把两件东西，给了鲁平说："黎小姐有一封信，一件礼物，嘱我转交给你。"

"一封信？一件礼物？交给我？"鲁平从这女孩子手内接过了一只漂亮的小信封跟一只蓝色丝绒的小盒，那封信，信面上的字迹非常秀丽，不知如何，他的手在接过这封信时有点发震。他赶快拆信。

只见信上如是写着：

鲁君：

　　我知道你一定要来，不一定今天或者明天，我知道，当你再来的时节，你已把某一个哑谜猜破了。

　　在你看到这封信的时候，我已踏上了遥远的征途。此刻或许是在轮船上，或许是在火车上，或许是在飞机上。非常抱歉，我不能再像昨夜那样招待你。

　　昨夜里的某一瞬间，我好像曾经失掉过情感上的控制，由于心理冲突，我曾给予你一种机会。或许你是明白的，或许你还不明白，假使你还不明白，等一等，你会明白的。

　　凭这一点浅薄的交谊，我要求你，不要再增加我的纠纷。在上海，我未了的纠纷是已经太多了！

　　昨夜，你忘却接收我的钻石指环了，为什么？你好像很看重这个指环，让我满足你的贪婪吧，请你收下，作一纪念。愿你永远生长在我的心坎里。

世界是辽阔的，而也是狭隘的，愿我们能获得再见的机会，不论是在天之涯，是在海之角。

祝你的红领带永远鲜明！

×月×日　亚男

信上的话，像是昨夜里的寇莉莎酒，带着相当的甜味，而也带着相当的刺激，这有几分真实呢？

他把这信一气读了三五遍，打开蓝丝绒的小盒，钻石的光华，在他眼前激滟。

一种寂寞的空虚充塞满了他的心。他不知道做点什么或者说点什么才好。他茫茫然踏出了那间寂寞的会客室，甚至，他全没有觉察，那个小女孩，拿着一方小手帕，站在那个开着的窗口之前在做什么。

他把那封信，跟那只蓝绒小盒，郑重地揣进了衣袋，茫茫然走出这宅小洋楼。他戴上了帽子，走向他的小奥斯汀。

刚走了二三十步路，突然，头顶上来了一阵爆炸声。跟前夜差不多，砰！砰！砰！

167

那顶 KNOX 牌的帽子，在他头上飞舞起来，跌落在地下。

他赶紧回身，只见一个西装青年，伛着身子骑在一辆脚踏车上，正向相背的方向绝尘而去，只剩下了一枚小黑点！

捡起地下的帽子来看，一排，三个小枪洞！

他飞奔回来，一看，矮墙上的两部脚踏车，只剩下了一部。那部三枪牌的女式跑车不见了。

啊！她！向他开枪的正是她。只要瞄准略略低一些……嗯，她为什么不把瞄准略低下些了？

在这一霎间，他的情感，突起了一种无可控制的浪涛。他完全原谅了她的毒液与管牙；甚至他已经绝无条件地相信了她上夜里给她自己辩白的话！他感觉到世间的任何东西，不会再比这个女子更可爱！

那颗小黑痣，在他眼前，隐约地在浮漾。

他喘息地奔向他的小奥斯汀。他在起誓，送掉十条命也要把这女子追回来，无论追到天之涯，海之角。

但是，当他喘息地低头开那车门时，突然，一个衰老的面影，映出在车门的玻璃上，这像一大桶雪水，突然浇上了他的头，霎时，使他的勇气，整个丧失无余。

可怜，他们间的距离是太远了！

他怅惘，踏上驾驶座，怅惘地转动着驾驶盘，怅惘地把车子掉转头。

太阳已向西移，在那条寂寞的路上，在那辆寂寞的车上，在那颗寂寞的心上，抹上了淡白的一片。

真假之间

去年圣诞之夜，我曾被一个消闲的集会邀去说故事，他们跟我约定，在今年的同一夜晚，他们仍旧要我担任这个节目。凑巧得很，我在说故事的时候却又意外地获得了故事的资料。本来，我预备留下这点资料，以便今年践约；但，我自己知道我的脑子有个健忘的毛病，我觉得演讲而备一份演讲稿，在气派上比较来得大一点，因此我便提前把它写上了原稿纸。假使今年能有机会，我就预备把后面这段离奇的事情，当着某几个角色的面，亲口再说一遍。

这一年的圣诞之夜，老天爷虽然没有制造雪景，为富人添兴，但是天气特别冷，那些时代的骄子们，血旺，脂肪多，他们在各种暖气设备之下，可以通宵达旦，追求狂欢。但是，无数无数被时代作践着的人，衣不暖，食不饱，眼前缺少希望，心底全无温意，他们无法抵御酷寒，他们也没有那种傻气，希望圣诞老人真的会把白米煤球装在洋袜子里送上门来，到夜晚，他们只能在叹过了几口无声的冷气之后，缩住脖子，早点到梦乡里去寻求他们所需求的什么。

在同一的银灰色的都市之中，有着不同的两个世界，待在三十三层以上的人，还在挤电梯，想上楼；而在第十八层以下的人，也还被迫地在钻泥洞，往下埋！由于贫富苦乐得太不均匀，毕竟也使这个异国带来的狂欢的日子，显出了异样的萧瑟。

时候快近十一点钟。

一钩下弦月，冻结在大块子的蓝色玻璃上，贫血，消瘦，显得绝无生气。惨白的月色抹上那条寂寞的愚园路，静静的，像是一条冻结的河流。

这时，有一辆小型汽车在这条僻静的路上轻轻滑过，车子停在愚园路与忆定盘路的转角处，隐没在一带围墙与树叶的黑影里。

小型汽车中坐着两个人，坐在驾驶盘前的一个是个胖子，西装不太漂亮，样子有点滑稽；另外一个，高高的身材，穿着一件美国式的华贵的大衣，帽子是阔边的，带着一种威武的气概。

这个身材高高的家伙，跳下了汽车之后，取出一

174

支烟，擦上火，斜挂在口角里。他向对街的路灯光里一望，只见对街已预先停着几辆汽车。其中之一辆，是1947年的别克，崭新的车身，美丽得耀眼，汽车夫拥着车毯在打盹。高个子的家伙注意了一下这辆车子号数，脸上透露出一丝满意的笑，他低下头来，向驾驶座上的那个胖子说："好，真的，小熊猫也来了。光荣得很！"

胖子在车子里把衣领拉拉高，哈着热气，问："你说的是谁，是一个女人吗？"

"不错，老周，你猜着了。"高个子说，"那个女人很美，跟她握一下手，可以羽化而登仙。"

那个胖子耸耸肩膀，说："那么，能不能带我进去，让我登一次仙？"

"不，你还是待在车子里，说不定，一忽儿我就会出来。"

高个子说完，站在冻结的月光之下，整整他的鲜明的领带，把双手插进大衣袋里，匆匆向一带很长的围墙那边走去。

围墙之内，是一片园林，面积看来并不太小。冬季法国梧桐的秃枝，参差地伸展到了墙外，有些高大的常绿树，黑茸茸的树叶，却在墙外的人行道上，组成了大块的暗影。园子的中心，有一宅高大的洋楼，沉浸在寒冷的月光里，格外显得庄严而静美。

西北风在传送着屋子里隐隐的欢笑声。

这座外貌古旧的屋子，过去，它曾有过不太平凡的历史，最早它是俄国人的总会，之后它曾变作豪华的赌窟；沦陷时期，它曾被日本人占据而煊赫一时；胜利初期，这所屋子又被改造成了一处科学食品厂。但在那个时候，美国货正如潮而至，到处冲毁了国产品的堤坝，不久这屋子却又随着厂的倒闭而赋了闲。而在今晚呢，这座屋子里，却有一个有闲者所发起的圣诞集会在举行。

一切热闹的节目在两小时以前已经开始。

主持这个集会的角色共有三个，其中的两个，就是这所厂屋的主人。那是一对弟兄，哥哥名叫庄承一，被称为大庄，老弟名叫庄承三，被称为小庄。另一主角倪明，是一个广告业的巨子，而同时，又是一位驰誉于这银灰都市中的美术家。

这位青年俊秀的美术家，喜欢向人诉说，他生平并无癖嗜，唯一的嗜好就是开派对。他曾自夸，他生平所主持的派对，大小计有三十余次之多，他敢向天盟誓，假如有人参加了他的派对而感觉到并不愉快，他愿意吞服来沙尔，以自罚他的失职之罪。

的确的，倪先生的自白，并不是真空管里的一只牛，他主持这个圣诞夜的集会，已有三年的历史，今年却是第四次。看来今年的一次，比之往年可能格外够劲，原因是，大众震于派对专家的威名，参加者越来越多，尤其今年的参加者，男的，大半很富有的，女的，大半很浪漫，钱，能够产生闲；闲，能够产生新奇的玩意。有钱，有闲，加上有女人，在这种算式之下，这个集会会不精彩吗？岂有此理！

一切布置都出于我们这位专家先生的大手笔，会场设在一座广厅之内，这座广厅，有三个大穹门，左右方的两个穹门垂着丝绒的帷幔，中央那个更大的穹形门通连着一间憩坐室，穹门中间设置一株辉煌耀眼的圣诞树。广厅内部，因这集会而新加、漆上浅绯的四壁，点缀着红烛形的壁灯，烛光幽幽的，带着些异国的古典情调，承尘上面，彩纸球缤纷如雨，小电泡密缀如星，沿着广厅四壁，安放着舒适的沙发与贴壁的半圆小桌。每只小桌上的名贵瓷瓶内，插上点缀时令的槲寄生，火红的叶子象征热情，象征喜气，也令人向往昔时御沟中的罗曼史，而忘掉门以外还有吹死人的西北风。

婀娜美丽的姑娘们推动轮架，满场供应可口的果点，大家随意要，随便请，不必客气，不必拘束。

音乐台位于广厅的那一端，跟大穹门劈对；台后，张挂着一张六尺高的油画，是幅少女的半身像，披着轻纱，胸肩半裸，她的神情真骀荡，好像全世界的春，都是从她一双娇媚的眼内所发源，她睡眼惺忪，盯住了那些忘掉了生辰的人们，像在细声地说：人生真枯燥呀！快来吻我一下吧！为什么不？

没有人解释得出，这幅画跟耶稣的诞辰有什么关系，正同没有人解释得出，那些享乐者的狂欢，为什么一定要拣中这个舶来品的节日一样。

今夜这个会，并不能说最豪华，但是，所有的声色享受，已足够使觳觫于西北风中的人们增加觳觫！这里且把会场的节目说一说，那些节目，也都出于派对专家所订。

节目之中，上半夜是各种杂耍，由参加者分别担任，下半夜，却是全体出动的热闹的化装跳舞。

化装舞将开始于一点以后，参加的人，为了增加会场的兴趣，多半预先化好了装杂坐在会场以内。所化装的人物，自出生于科西嘉岛的炮兵大皇帝起，到评剧《小放牛》中的牧童为止，历史的、戏剧的、小说的，形形色色什么都有。把古今的时间，浓缩为一瞬，把中外的人物，拉扯成一堆，虽然不伦不类，却也是奇趣横生。

我们的派对专家倪明，今夜始终是全会场中最活跃的一个。

他活跃得像个小孩，穿着红衣，戴着红帽，白发苍苍，白发拂拂，加上一脸的皱纹。原来他所化装的，却是那位贩洋袜的圣诞老人。

圣诞老人在圣诞之夜真是特别忙。他是全会场的神经中枢，每一个来客要由他招待，每一个节目要由他报告，每一件事务要由他分配。他拖着那双大皮鞋，蹒跚到东，蹒跚到西，蹒跚到南，又蹒跚到北，他蹒跚到哪里，哪里就添上了欢笑，会场里有句口号：倪明所到的地方总有光明。

他常常被人拦住去路，像阔人们出外常常被人拦住去路一样。

有一位大茶商正从化装室内走上会场，脸上几乎抹了三寸厚的粉。一大阵拍手欢笑包围着这个人。那人名唤谢少卿，扮的是纸头人二百五。

这个二百五，似颇有志于摩登，服装已改变成了时代化，一套有声西装，连领带衬衫都是纸糊的，走一步，窸窣，动一动，窸窣，一个顽皮的小女孩拿着一盒火柴蹑手蹑脚跟踪着他，在跃跃欲试。

这个身材高大的二百五，拦住了那位矮小的圣诞老人，高声地唱着：

"你是我的灵魂，你是我的生命！"

"你不要认错灵魂，他是倪太太的生命！"有人马上接口这样唱，这个接唱的人，是个全副戎装的娇小的花木兰。

笑声大作，白胡子在人丛里乱抖。

另外一小堆人在另外一个角落里，包围着另外一个重心，在制造浓烈的欢笑。那个被包围者是今天全会场里最美丽而也最有名的一位小姐。在这银灰色都市的交际圈中走走的人，你若不知道景千里小姐，那你真是起码得可怜！

景小姐芳名千里，有人把她的芳名颠倒过来，在背后恭称她为千里镜，同时，景小姐另有一个美丽的外号，被称为熊猫小姐，也有人叫她为 Miss Unite。

过去，在这位熊猫小姐身前身后，以旋风式的姿势打转的年轻绅士们，少说点，该以两位以上的数字来计算。但在距今三月之前，那些旋风似的勇士们，忽然集团地大失所望，原来，熊猫小姐虽没有郑重出国，而却以闪电方式跟一个人结了婚。

千里镜是有深远的眼光的，她所挑选的对象真不含糊。她的幸运的外子刘龙，是一位热衷于政治的人物，他的大名虽然并不十分了不起，但是，他在 TVS 的幕后，的确是个二等的红人；同时呢，他在从政之余却还经商，在他手内把握着好几种大企业。倚仗着某种优势，加上心凶，手辣，会攒，会刮，他的钱囊，永远是在膨胀，膨胀，而再加上膨胀。

景小姐自从被装进了这膨胀的钱袋以后，她的芳踪不复再见于昔日的交际场，但据传说，她跟几位阔太太们，最近却是赌得非常狂热，快要把五十二张纸片当作食粮。今天，这头美丽的小熊猫，居然被牵进了这个集会，在我们的派对专家，认为这是一件非常有面子的事。

这时，包围着圣诞老人的欢笑声，哄声传到了景小姐的位子边，她赶快高喊："你们笑些什么？倪明，我的圣诞老人，你不分点光明给我，你忍心看我失明吗？"

"什么？景小姐，你说的是失明还是失恋？"那位大茶商撩起他的纸制的上装窸窸窣窣地走过来。他手里拿着一支花纸糊成的板烟斗。

"滚开些，二百五！"小熊猫向他娇嗔。

这时小熊猫身边另有一个人轻轻接口说："真的吗？景小姐，你也失恋了，为了什么？"这个故意插言的人，装扮着一个十九世纪的海盗，实际，他是一个颜料商的儿子，名字叫作徐嵩。过去，他也曾为这熊猫小姐发过精彩的男性神经病，但因钞票的堆积不够高度，结果，他在必然律下失败了，直到如今，他还怀着满腔的幽怨，无处发泄。

于是熊猫小姐向他噘噘红嘴唇，说："你放心，我永远不曾恋爱过什么人，所以，我也永远不会失恋。"

海盗说："那么，刘先生有点危险了，你预备放弃他了吗？"

"我为什么要放弃他？至少，他是我的一本靠得住的支票簿，我有什么理由要把支票簿放弃呢？"红嘴唇又一噘。

海盗默然无语。

正在这个时候，下一个的节目又开始了。

只见圣诞老人站在会场中心，向大众报告说："现在请看曹丞相的后代曹志宪先生表演魔术，他今天荣任接收大员，表演接收魔术，请诸位多多捧场，多多送些汽车洋房给他。"

满场掌声如雷。

曹丞相的后代，摇着他的四点一刻，在热烈的掌声中缓步登场，他身上穿着参加鸡尾酒会那样漂亮的晚礼服，头顶着尺许高的礼帽，鼻子上抹着一小块铅粉，额上用铅粉写着一个官字，那种轻骨头的庄严的样子，引得满场大笑。

曹先生在会场中心那张特设的小桌边上放下了他的四点一刻，脱下了白手套，然后向大众鞠躬，把双手撑住桌子说："兄弟今天初次登台，有大段道白，先要向诸

182

位宣读一番。"

"欢迎！欢迎！"群众向他高喊，其中那个化装成杨贵妃的张三小姐，尤其"欢迎"得起劲。

于是那位魔术大员咳嗽一声，郑重发表说："戏法人人会变，下官变法不同，官能做得投机，财会发得轻松，笑骂随他笑骂，昏庸由我昏庸，上台中国贵人，下台外国寓公，眼明脚长手快，头尖脸厚心凶，升官而且发财，巧妙都在其中！"

又是一阵如雷的掌声。

有人在偷望景小姐，因为景小姐的那条龙，是这个忽官忽商的两栖动物。但是景小姐也在拍手。

一个扮作梦里想造反的阿 Q 的人，名字叫作洪蓼，高声向这魔术家说："大人，小的以老百姓的资格向你请问，有什么大饼之类的东西，从你礼帽里变点出来给我们吗？"

"对不起，没有！"魔术大员沉下脸，"我的戏法，只会变进，不会变出。"他脸向众人，"喂，诸位，有什么东西，要我变走吗？钞票、条子、珠钻，都好，从最大的到最小的，我都能变走。"

"人，你能变掉吗？"有人在问。

"当然！他能连你的血肉、脂肪、骨髓，变得一点都不剩。"阿 Q 代魔术家说。

于是有人把大叠钞票丢进了魔术家的帽子，看他如何变掉，魔术家轻轻把礼帽一摇，眼球不及眨，果然，变掉了，手法真快！随后，他把预先陈列在桌子上的小洋楼、小汽车等等，同样丢进他的礼帽，同样一摇、一摇、一摇，同样不见了、不见了、不见了！

他说："你们有最贵重的东西交给我，我就能变出最新奇的戏法来，让诸位解颐。谁愿意试试？"

大众感到非常有趣，不发声。

魔术家似乎等得不耐烦，他忽然从胸口伸出一只剩余的手来，向大众勒索。

众人大笑。

杨贵妃从手上脱下了一只镶土耳其玉的指环说："这个，可以变吗？"

"拿来交给我。"魔术家说。

"不，拿来，一切交我，不必交给他！"突然有个凶锐的语声，发自另一角落，划破了全场欢笑的空气。

全场的视线都被这个怪声拉扯了过去。只见，有一个戴着黑色面具的人，严冷地矗立在左方穹门的帷幔之前，手里，拿着一支小左轮。

全场的人呆住了！

有人想笑而没有笑出来。

拿手枪的那个人，继续在发命令，他的严冷的语声，

184

好像使人心头系下了铅块。他说："嘿，很好！你们这一群人，真高兴啊！你们忘却了门外边有西北风，忘却了西北风里还有冻饿而死的人群！很好，来来来！"

他把手枪口一摇一指，"现在，请带钱的绅士们，有饰物的太太小姐们，排好队，走到那边的角落里去，等候我的检查！喂！不许乱动！"

这个新奇的局面不知是真是假，但，整个暂时寂静的广厅里，的确有好多颗心在往下沉，往下沉！

静寂中有一个人在打着轻声的哈哈安慰着身旁的一位女宾说："你忘却了倪明的话了吗？他说今夜还有意外的刺激，不要慌，那是假的。"

"好，假的！"戴假面的家伙凶视着发声的所在，那支小左轮，像架汤姆生轻机枪那样向四周摇成一个半圆形，他说："我这支假的左轮枪，装足六颗子弹，足够在六个人的身上制造半打空气洞，谁要试试吗？"

手枪管向前一伸，有一个站在火线里的小姐啊呀一声向后直躲，但是，那个手枪口忽然又向上一仰，指着一支烛形的壁灯做了目标。

砰！

一支红烛形的壁灯应手熄灭，哗啦啦，玻璃纷纷碎落。

事情看来不像是假的了。

185

熊猫小姐吓得花容失色。

娇小的花木兰，那是庄澈小姐所扮，预备卸甲而逃。

杨贵妃躲到了一个生人的怀抱里。

男宾之中，谢少卿胆最小，原因是，假如他在他的身上，真的带了一个空气洞回去，他将不好意思再见他的太太吴吟秋女士。因之，窸窣，窸窣，窸窣，那套有声西装抖得厉害，响得厉害。

大众慌乱中，那个蒙面人又说："请识相，快把东西交给我！不吗？再看我的！"

手枪口又向空一指。

砰！砰！

随着这砰砰两声刺耳的枪声，满场的电灯忽然全部熄灭，一座欢乐的天堂，霎时变成了黑暗的地狱。

女高音在漆黑中尖声怪叫，这一个刺激镜头真够刺激。

可是，这个镜头仅仅维持了几秒钟，电灯在一暗之后立即恢复光明。只见那位圣诞老人，笑嘻嘻地站在会场中心向大众高声说："诸位，请各归座，不必慌乱，我们这个世界，充满着虚伪、残暴与丑恶！缺少的是真、善、美，而尤其缺少的是三个字中的头一个字，所以，我可以安慰诸位说，方才的场面，完全是场假戏。现在，让我把非真品的侠盗鲁平，介绍给诸位先生跟小姐们。"

圣诞老人说完，那个假强盗，立刻脱下了他的面具，藏起了他的小手枪，走入场心，以演员向观众谢幕的姿态，笑微微向大众鞠躬。

人丛里有人在失声地说："该死，原来是他！"

大众不禁吐出了一口气，小姐行列中有人在抹汗。

二百五的有声西装不再发抖。

魔术大员曹志宪赶紧走上前去，从胸前伸出手来跟这假鲁平握手说："Y.M，你表演得真不错。"

原来，这个化装为侠盗鲁平的人，真姓名叫作荣猛，跟他认识的人都叫他 Y.M。

荣猛回答那个魔术家说："你也表演得不错，你今天是新官上任。"

"你今天是强盗坏出马。"

"我们都是时代的伟人！哈哈哈。"

那个娇小的花木兰惊魂初定，扭住了圣诞老人撒娇地在说："你这个坏东西，为什么要想出这种法子来吓人，嗯，我不来！"

圣诞老人躲闪着说："请勿碰掉我的胡子！喂，庄小姐，你是花木兰，放些勇气出来呀。"

那边厢，张三小姐却在慌张地寻找她刚脱下的土耳其玉指环。有人在笑，杨贵妃失去了玉环，那倒是桩奇闻。但结果，三小姐的指环找到了，还在她的手指上，不过错戴了一只手。

这一场纷乱，真是又紧张又可笑。

在这一场虚惊之中，那只小熊猫最先是花容失色，等到听说这个活剧是假的，她定定神，一看，只见那个化装侠盗鲁平的人，胸前果然垂着一条耀眼的红领带，左手戴着一枚鲤鱼形的奇特的大指环，这些都是传闻中的那个真正侠盗的标记。真侠盗的左耳上，应该有颗红痣，他却贴着一小片红绸以作代替。这人身上所穿的西装，显得雍容华贵，他脸上有一种特殊表情，不笑的时候老像在笑，笑的时候却有一种威武逼人的神气。

熊猫小姐对这个人，立刻发生了兴趣。

她向圣诞老人招手，高声说："倪明，你能把这位神秘人物给我介绍介绍吗？"

圣诞老人应声而至，掉过头来说："来来来，次货侠盗先生，听见吗？大名鼎鼎的景小姐希望见见你，你感到光荣吗？"

"不胜光荣之至！"

那个强盗立即踏着娴雅的绅士步子，走向熊猫小姐的座位之前，跟小熊猫握手，在握手之顷，他感觉到有点飘飘然。

小熊猫指指她身旁的位子说："侠盗先生，我能不能有这荣幸，请你在这里坐一会儿，我们谈谈？"

188

"绝对遵命。"假强盗温柔地回答。

于是，他整整他的红领带，就在熊猫小姐所指示的位子里坐下来。但是，坐下之后立刻有件事情，似乎使他的神经觉得有点局促不宁。原来，在他另一边的一只矮沙发里，有一个人靠在椅背上，正用一种非常特别的眼光在注视着他。这个人把大衣的领子拉得高高的，掩住了半个脸与耳朵，似乎很畏冷。看样子，那人站起来时个子一定相当高。他并不认识这个人，以前，在倪明所召集的派对里也从来不曾见过面。

他对这个人的频频注视感觉不安，但他找不出所以不安的原因来。

这边，熊猫小姐笑得像朵仲夏夜的带露的花，她以一种在蜜糖内浸过似的声音在向他说："我告诉你，我对那个神秘人物的种种神秘传说，一向最喜欢听。"

"小姐，我以为你应该这样说：我对你的往事，一向很喜欢听。"假鲁平正经地纠正她。

"是的，我说错了。至少在今夜，你挂着红领带，你，就是那个神秘的人，对吗？"小熊猫玩笑地说，"我听说，一向，你专门抢人家、偷人家、骗人家又恫吓人家，你的行为，十足只是强盗行为，而你，却喜欢接受这个侠盗的美名，这是什么理由呢？"

荣猛笑笑说："凡是有作为的聪明人，都喜欢找些悦耳悦目的东西，遮掩自己的丑恶，我何独不然。现在既然有人肯以'侠'的美名遮掩我的'盗'的丑恶，我为什么不欢迎，小姐，对吗？"

"你很会说。"小熊猫点头微笑说，"不过我还听到说，你一向不用手枪，今天，为什么用这小玩具吓人？"

"啊！小姐，人类是在飞速进步呀！在这唯武力主义的世界上，我也希望我能改善过去的缺点，以便适应时代呀！"

假鲁平这样侃侃而谈时，身旁那个拉高衣领的人，耸了耸肩膀，微微冷笑。

正在这个时候，会场之中，忽然又有一个小小的高潮，起于人丛之中。那位食品厂的厂主庄承一，突然在人堆里怪声高叫：

"啊哟，我的手表呢？我的手表不见了！"

曹志宪说："本大员并未接收。"

大庄的阿弟小庄却在讥笑他的哥哥说："据我想，站立在玻璃窗里专门穿衣服样子的木头人，想来也会看顾好他自己的东西的，戴在手腕上的表竟会被窃，笑话！"

假鲁平听到他们的喧闹，故意弯转手臂来看看时间，他高叫说："啊呀，怎么我的手上会有两只表？谁把手表错戴在我手腕上了！"

曹志宪嬉笑地走过来说："侠盗先生，你的手法真高呢，比之我的更厉害！"

假鲁平摇头说："至少我还赶不上你那样伟大。你是一个官，你用魔术手法，掠夺了无数的脂肪，结果拍拍屁股可以绝不负责，而我们这些当强盗小偷的，假如掠夺了一挂香蕉，那或许可能挨到枪毙咧！"

听的人笑了起来。假鲁平把那只暂借的手表归还了原主。

熊猫小姐见这次货鲁平也具有如此惊人的手段，她惊奇得睁大着一双媚眼，说不出话来。可是那个次货鲁平却在暗笑，他想，小姐，何必大惊小怪，那也是假戏罢了。世上原有无数无数看来像是了不起的人物，其实，也不过像我一样，依靠可爱的配角们，跟他狼狈为奸而已。

总之，会场上自从这个假的侠盗上了场，欢笑的空气似乎格外浓厚起来。

这时，会场中的另一节目又在开始，那是两个滑稽人物在仿效北平相声。

但是那位熊猫小姐对于这个假鲁平越来越有兴趣，她已完全不再注意到会场中的节目。

她添浓了花一样的笑，小酒窝里储满了蜜，她向假鲁平说："荣先生，你的手段，真的跟那传说中的红领带人物，有些差不多。"

"承蒙嘉奖，愧不敢当。"假鲁平颔首谦逊。

一旁那个拉高衣领的家伙又在冷笑。熊猫小姐当然不会注意，而这假鲁平却是注意的。他憎恶这个人，尤其憎恶这个人的那种深刻的注视。

只听小熊猫继续腻声地在向他说："荣先生，假如你是那位真的侠盗，那真使我何等高兴呀！"

"那你何妨就把我当作真的侠盗呢？"荣猛说。

"不，我极希望能遇见真的他。"

"有理由吗？"

"我希望那位真的侠盗，能够光顾我家，随意带走点东西。"

"什么？"荣猛抬起了眼珠，感到不胜惊奇。

拉高衣领的家伙，锐利的眼珠在发亮，他在仔细地听下文。

荣猛说："小姐，你希望那个神秘人物光顾你府上，这是什么意思？"

"你听我说，"小熊猫发出微喟，眼角带点幽怨，她说，"在以前，我的名字是常常被刊到报纸上的。自从跟刘龙结婚之后，报纸上似乎把我完全忘却了。人生活在世上，不论男女，总希望有机会表现自己。而我现在，却感到了被遗忘的寂寞。假如，我家里能让那个拖红领带的人物来渲染一下，那么，那些记者先生，可能又要

192

把我大大描画一番啦。"

荣猛听着好笑，不禁好玩似的说："那么，小姐，你府上的钱财，一定是非常之多的了。"

"那还用说吗？"小熊猫有点傲然，"同时我也感到奇怪，世上会有那么多的低能儿，忙昏了头，连大饼也找不到。而我家里的钱，却多得快要发霉！"

荣猛追溯半生，在记忆中似乎还找不出这样一个歇斯底里式的女人，竟会因着钱的太多而发愁。于是他又好玩地说："那真可惜了，可惜我不是真的侠盗鲁平。"

"假如你是真的，我真愿把我那只私房小保险箱的所在地告诉你，甚至，我可以画一张房屋的草图送给你。"

这时，荣猛发现那个拉高衣领的家伙，双目灼灼，透露着更注意的神气。假鲁平在那凶锐的视线之中感到背上有一阵寒凛。他慌忙拿起他的打火机，轻轻碰着玻璃桌面，示意那只小熊猫不要再那么孩子气，偏偏那只小熊猫全不注意四周的一切，还在任性地说下去。

她说她的那只私房保险箱，是在她的卧室之内，在她的床边上，有一只夜灯儿，把夜灯儿推过一些，那只秘密小保险箱就会显露出来。她把门户与楼梯的方向地位，描写得相当详尽，最后，甚至她说："假如你是真的鲁平，我可以把综合锁上的密码，也一并奉告。"

隔座那个拉高衣领的人，有意无意把身子直了些，倾听得更为出神。

荣猛再度焦灼地敲着桌面，他从桌下伸出脚尖，碰着那双高跟鞋。可是，对方那只美丽的话匣似乎损坏了机件，一开，竟已无法再关。她自顾自天真而又任性地说："那么，可要我把最近所用的密码告诉你吗？那就是——U-N-I-T-E，五个字母。"

荣猛偷眼看时，只见隔座那个人闭上眼，身子又靠到了椅背上。荣猛不安地轻轻嘘了口气，摇摇头，他准备离开这位神经质的小姐，以免引起意外的是非。

可是那只小熊猫却向他娇嗔着说："怎么啦？你不高兴听我的话？"

"我在恭听呀。"荣猛轻声地说，"你说那个密码是Unite，啊 Miss Unite，就是你的美丽的外号，我感谢你，把这样的秘密也告诉我。"

小熊猫的眼角里带着一种奇怪的幽怨，她说："但这秘密，你是不会感兴趣的。否则，我愿意连保险箱上的钥匙，也亲手奉送。"

"我心领盛意。"荣猛耸耸肩膀，"假如我是真的鲁平，那我用不到钥匙；假如我不是真的鲁平，我拿了钥匙也没有用处。"

当他们两人这样密密切切谈心时，四下有许多嫉妒的视线撩拂他们。尤其是那位海盗徐嵩，把过去的悲哀与跟前的抑郁交织在一起，都从眼膜内穿出来，成了两道怒火。人生真奇怪，在这样欢娱的场面下，人的情感竟会表现得如此的不平衡。

这时，忽听圣诞老人在场心高声报告说："我们的化装跳舞，准备提前开始，请诸位准备。"

他向乐台上招招手，场内的灯光渐渐幽暗，一阵爵士乐声立即随之而起。

那第一只拍子急骤得像是一阵夏雨，象征着人生的匆忙与纷乱，紧张与短促。

假鲁平乘机向熊猫小姐告假，他缓步向另一位小姐走去，那位小姐名叫易红霞，是他昔日的伴侣，他就把第一支舞献给了她。

这里，熊猫小姐遥望着那条鲜红的领带，贴近了一个乱头粗服的渔家女的胸前，旋转进了旋转的圈子。

有人站到小熊猫身前，要求她同舞，小熊猫伸着懒腰，没有起身。

音乐声把人类狂欢的情绪，渐渐吸引到了最高峰。

景小姐是今夜狂欢气氛中的一朵最芬芳悦目的花，但是，花会盛放也会憔悴。她自从那条红领带离开之后，好像已由绚烂的时间，归入于平淡的状态。

第二阕乐曲开始的时候，她以懒洋洋的姿态被那圣诞老人拥进了舞池。她对跳舞似乎不感兴趣，她一直在人丛里流波四盼。

奇怪！此后她在会场里有好多时候不再看见那条红领带。

那条红领带到哪里去了呢？

景小姐的心坎中带着一种空虚的失望，而且她也感到有点惊异。其实，那个垂着红领带的假侠盗，同样地，心里也正带着另一种的讶异。原来，在他跳完第一支舞之后，他忽一眼瞥见刚才那个坐在小熊猫隔座的人，拉拉衣领，悄然离开了这广厅。

这使他感觉可怪！

于是，他也悄然跟随他出外，他感觉到他有悄然跟随他出外看一看的必要。

狂欢笼罩住整个会场，没有一个人注意到这些事。除了小熊猫以外，也没有人注意到荣猛曾经离开过会场。

一小时后，荣猛方始拥着这只小熊猫，一连舞了好几曲，于是，小熊猫的粉靥，方始重现明朗的浅笑，像蓓蕾初放。

这一夜，会场里的衣香、鬓影、灯光、乐声、气球、彩纸，等等……等等……在每个人的脑壳里组成了一个五彩缤纷的梦，梦里的人，当然不会记起有明天，于是狂欢一直在继续。

而在这个故事里是有明天的。

到明天，一件奇事发生了。奇事发生在刘公馆里。

比较准确地说，这奇事还是发生在上一夜，原来，刘公馆里刘少奶奶的那只秘密保险箱，真的遭遇了偷窃。那只夜灯几，被推到了一边，保险箱门开得笔直，其中全部饰物，尽被那位夜半的贵客带走了。主要的是一串珠项链圈，另加美钞一千元。但这小数目的美钞，比之全部饰物的价值，那真是卑不足道了。

当天的报纸上，当然还来不及刊布这个新闻。可是腿长的记者先生却已三三两两拥进了刘公馆。记者群中有一个高个子，没有人知道他隔夜曾参加过那个盛大的圣诞集会。连熊猫小姐本人，也不曾注意这个人。

小熊猫在应付了记者先生们的无穷的问答之后，感到有点疲倦。她躲进了另一间屋，她在支颐出神，有一条红领带的影子在她眼前晃荡。她在想：

难道昨夜那条红领带，真的就是……

电话铃声打断了她的思绪，有一个女佣在喊："少奶奶电话。"

小熊猫拿起话机来，她立刻听出，对方的声音就是昨夜那个假扮侠盗鲁平的荣猛。她有点发怔，只听话筒里在说：

"景小姐，我想跟你晤谈一次，行吗？"

"什么时候？"

"今天，即刻。"

"什么地方？"

"杜美公园对面，那家绿色门面的咖啡馆里。"

"这是必要的吗？"小熊猫沉吟了一下而后问。

"当然是必要的。"

熊猫小姐虽然在保险箱里失落了那么多的饰物，但是她在放下话筒而略一凝眸之后，依然满脸透出五月花那样嫣然的笑来。

她匆匆走到镜子之前，把自己装扮成了女神一样。跳上自备汽车，吩咐车夫开到杜美公园。

假如汽车有眼珠，而眼珠又长在车后，那就能看见，有部飞快的跑车，在它身后追逐。可是安坐在汽车内的小熊猫，当然不知道。

在十分钟以后吧，这一对男女，在那家绿色咖啡馆中见面了。他们像一双爱侣那样，在一座贝多芬像下的静僻的位子上坐下来。

四周座客很少，播音器在播送一支西班牙交响曲。

熊猫小姐不说一句话，只向荣猛身上、脸上细细而又细细地看，最后她说：

"你知道昨夜我家里所发生的事吗？"

对方只以点头代替回答。

"昨夜，我的保险箱真的被人打开了。"

"那么，我该向你道贺，因为这是你的愿望啊。"荣猛微笑。

小熊猫凝视着荣猛的胸前，他胸前依旧垂着昨夜的那条红领带。凝视他的左耳，左耳依旧贴着一小块红绸。于是，她嗫嚅地说：

"那么，你，你真的是……"

荣猛的视线向四周溜了一转，说："我们不谈这个问题，行不行？"

小熊猫露出一丝笑，说："那么，我可不可以说，昨夜你的收获不算太少呢？"

荣猛正用小匙调着杯子里的咖啡，似笑非笑地反问："小姐，你记不记得昨夜倪明所说的话？他说，在这个世界上，缺少真，缺少善，缺少美，尤其缺少的是三个字中的第一个字，你对这话，有什么感想吗？"

"我不懂你的意思。"

"小姐，"荣猛耸耸肩膀说，"难道你还以为你的许多饰物，包括那串美丽得吓人的珠项圈，都是真的吗？"

小熊猫的两靥，突然红得跟她的嘴唇一样，低下头，不说话。

荣猛喝了一口咖啡而后继续说："昨夜，我有一种直觉，觉得你的谈话，差不多是在用一种粉红色的请柬，想请人家到你家里去偷窃。一方面，你却把大批美丽不真的宝物，放在你的保险箱里，以等待欣赏者来欣赏。你这样做，当然有理由。今天我约你谈话，就希望你把其中的理由告诉我。"

那朵花上添浓了红晕，依旧低头，不语。

但是荣猛把视线盯住了她，这视线似乎具有一种力，逼迫着她非答不可。

于是，熊猫小姐猛然抬起了头，看看四周，轻声地说："最近，我赌得大输，不但输光了我所有的钱，也输光了我所有的首饰。为了掩饰我的赌博的惨败，我弄了许多假的饰物，放在我的保险箱里，作为一种烟幕。"

"你提防着谁会检查你的饰物呢？"

"并不一定提防谁，但是，我让任何一人发觉我的全部饰物，已是一无所有，那总不大好吧？"

"听你的语音，好像你对你的刘先生，有点顾忌吧？"荣猛用讥刺的眼光看着她。

"顾忌？我为什么顾忌他？"红嘴唇一撇，"总之，暂时我觉得我还没有理由放弃这本支票簿。"

"但你拿这假的饰物代替真的，总有一天纸会包不住火的。"

"为此我很着急。"小熊猫微唱说，"我真有一种可笑的幻想，希望有一个知趣的强盗，到我家里来，撬开保险箱，大大掠夺一次，那么，我可以把历次赌输的账，全部记在强盗身上了。"

"小姐，想得真聪明！"荣猛斜睨着她，讥刺地说，"于是，昨夜你就向我提出暗示，希望我来做你的划账户头，是不是？"

小熊猫在那条领带上凝注了片瞬，然后说："在当时，我并不真的以为你就是我想象中的那个人，因之，我的确也并不希望你真会帮我那种不可能的忙，我不过是在玩笑之中，无意透露了我的焦灼的心理而已。"

荣猛耸肩说："而我这傻瓜呢，由于你的暗示，做了真正的贼，而却偷到了你的假东西。"

小熊猫用媚眼撩着他，轻轻说："但你也并不是毫无收获的呀！除了那些不值钱的东西之外，保险箱里还有着，还有着……"

"一千元美钞，那总不是假的钞票吧？"一种阴冷的语声，杂在音乐声里，破空而至，来自荣猛的脑后！

荣猛感到骇然，赶快旋过头去看，只见隔座有个人，坐在他的背后，坐得非常之贴近，那人半个身子斜伏在椅背上，嘴对他的后脑轻轻在说话。

这个人，一望而知就是昨夜那个拉高衣领的人。

荣猛竟未注意，这个人是什么时候走进这咖啡室，而坐在他身后的。

当着一位美丽的小姐的面，荣猛受到这样意外的袭击，他有点发窘，他向那个人问：

"你是什么人？"

"你当然认识我，我们昨夜会过面。"那人傲然地回答。

"我要知道你是谁！"荣猛加重了语气。

那人伏在椅子背上没有动，他只傲然指指自己的胸前，他的胸前同样垂着一条红色的领带。

熊猫小姐呆住了，她在想，哎呀，那条真的红领带也出现了！

但是荣猛还在问："你说你是……"

"不错，我是……"那人向四周张望了一阵之后说，"昨夜你所扮演的人！"

哈哈哈哈哈！荣猛忽然毫无顾忌地大笑，笑声之中，他的眼珠凝成了两点钢，怒射着对方那个人，他说："你曾当过舞台演员吗？你的修养不够咧！朋友，你跟我来！"

他把那人引领到另外一个空座上，他们低声谈起来。

小熊猫的花一样的两靥有点失色，她在代荣猛着急，她不知道他将怎样应付这个在夹缝里钻出来的神秘的人。

可是那边两个人的一场交涉，办得非常迅速，几乎可以说是闪电式。

小熊猫用心地注意着这个来得出奇的人的神气，奇怪，他的神气起先像匹狮，继而像只鼠，终于成了一头驯善的绵羊。

她不明白荣猛用了些何等的魔术，会使这个家伙的态度变化得如此之快。

最后，他们从那边的位子上站起来，荣猛把一大卷钞票，丢给那个家伙，用呼叱一条狗的声气向那人说："我不使你失望，走吧，不要打扰我！"

那人偷眼看看小熊猫，一声不响付掉了咖啡账，悄然而出，鞠躬如也。

看来交涉的胜利是属于荣猛了，景小姐吐出了一口气。

当荣猛坐到老位子上来时，她娇媚地说："几乎吓坏我，我以为他是……"

"你以为他是……笑话！"荣猛打断她的话。

"那么，他到底是谁？"

"一个高贵的自由职业者。"荣猛冷笑，"他的办公处有时设在电车里，有时设在电影院门口，今天，他在企图改业为敲胡桃专家。但是敲胡桃也要有点艺术，他的气度、修养都还不够咧。"

"那么，他怎么会知道昨夜的事呢？"小熊猫讶异了。

"他偶然捡到了一张请柬，参加了昨夜的集会，大概在那里想找机会，而无意中却窃听到了你我的话。"

"那么，今天他怎么会插身进来呢？"

"这个吗，我也不很明白哩，好吧，不要再管这些事。"

"你把美钞分给他些了吗？"

"分给他，为什么？那一千美钞，我预备全数奉还给你哩。"荣猛假作慷慨地这样说。

"还给我，为什么？"小熊猫在学舌。

"让你再充一次赌本。"

"不太够哩！"景小姐傲然扬着脸，"老实说，这笔钱原是人家寄存给我的，要不然，我早就把它送给了皇帝与皇后们，而现在呢，一切一切，我都可以向刘先生开账了。"

"可爱而又美丽的支票簿。"荣猛幽默地说。

"所以我愿意把这点小款子，留在你处作一个纪念。因为昨夜的事，你是大大地帮了我的忙了。"

"感谢你的慷慨。"

景小姐看看对方愿意接受她的赠予，她也很感欣慰，她又透露着五月花那样的笑容，说："在书本上，我常常看到许多英雄们，常常行侠仗义，常常劫富济贫，那么，你对这笔小钱打算怎样支配呢？"

"我吗，我打算从中提出美金一大元，买几双廉价的袜，赠予几个赤足的老乞丐们，以作圣诞老人的礼物，这就算是我的义侠奉功了。"

小熊猫不禁失笑，说："你这位大慈善家，气派如是之小吗？"

"我怕世上那些有钱的人，十之九，气派不会太大吧？"荣猛撇嘴说，"请看，外国的大富豪，必定要等到身后，才肯在遗嘱上把财产作慈善的施与，而中国的富豪呢，真要等到牯牛身上长不下毛，才肯忍痛拔下一根二根，而这所拔下的一二根，还要作为两种不同的用途：一种，预备吹口气，把它变作进天国的入场券，另一种呢，却预备把它变成慈善家的金字招牌！总之，这个可爱的世界，充满着自私，请你趁早别希望在这个充满自私的世界上，会找到真懂得爱与真能实行所谓善事的人。"

熊猫小姐听了，凝眸痴望着对面的这位出奇的人物，默然无语。

而荣猛却微笑地站起来，接下去说："至于我呢，我也是个人，我也具有自私的美德。眼前我只发了黄金一千元的可怜的小财，我为什么要那么小气，自充什么大善士或侠义人物呢？"

景小姐把视线停留在那条红领带上说："你的口吻，完全跟那个传说中的人物相像，那么，你一定就是……"

"嘘!"荣猛把一个手指遮着口角,扮了一个鬼脸,他说:"亲爱的小人儿!人生的一切,都不过是游戏而已,何必认真。请你别谈这个行吗?"

这一天,他们在这绿色的咖啡室内谈着绯色的话,他们谈得很多,谈得很久,谈得很密。最后,他们懒懒地起身,依依地惜别,荣猛恋恋地送这位热情的小姐上车,并殷殷地互订后会。

看来,一颗罗曼史的种子,已经投放在沃土以内了。

像这样的喜剧,常在银灰都市里原是习见的事。好在,眼前正有太多的刘龙先生之类的人物。他们富有搜刮天才,他们永远有方法向贫苦大众直接或间接地穷搜猛刮,因之他们永远可以做他们美丽的太太的支票簿,以负担无限的义务支付,于是,那些美丽的太太如景小姐之流,也永远会有足够的资本,可以任意狂赌,以及任意制造罗曼史。

这是我们的社会之一景,多么可爱啊!

可是隔夜那些参加狂欢的人,却绝不知道荣先生与景小姐之间所发生的事。

虽然有人知道刘公馆失窃,但是,他们只知道那天的集会中,另外有个红领带的歹徒(或许就是那位真的侠盗先生),听到了小熊猫的任性的话,以致造成了这件窃案。黑狗闯祸,白狗担当,绅士们偷了东西,由小偷负

206

责。这样的事，在我们的社会上，也并不足怪。

总而言之，没有人怀疑荣猛跟这窃案有关。

而荣猛呢，也一直还在大庭广众之间摇摆地出入，逢高兴，他还是垂着他的红领带。

那么，他，真的就是传说中的那个神秘人物吗？

这，连说这故事的人都不知道。

赛金花的表

# 一 疗养院的深宵

寒冬的一晚，呜呜的西北风吹刮得像把整个世界翻过来。那盏半明不灭惨淡无光的路灯不住地摇头，仿佛代那些少衣缺食的人们叹息。路上行人很少，间或从远处传来一声：

"罗宋面包，卖面包！"

巨鹿路上有座庞大的建筑物——仁德疗养院——像卧虎般伏在那里，紧闭上嘴巴，不视朔风吞噬它怀中的被保护者。

四周都是暗沉沉静悄悄，偶尔有一两声婴儿的微哭声，疗养院里大多数的人蜷缩在温暖的被窝里找好梦。

第三号特等病室的窗子里透出一线灯光，厚窗帘上隐约有个移动的影子，显然，屋子里还有人没钻进被窝去。

"嗒"，三号病室的门球轻轻转动，随着半开的门有阵尖锐的风呼噜噜往里钻，门外黑黢黢的，有块白色小东西蠕蠕抖动。

"平先生还没有睡？"

看护陈小姐在门外先伸进头来，黑发上戴着的白色看护帽像只白蝙蝠。

"没睡，外边很冷吧？进来烘烘火，暖和些。"

平帆夹住一块熟煤，抛进火炉去。

烧旺煤遇着湿熟煤，吐出一阵"吱吱吱"的声音。

"药水吃过吗？晚上少看书，别用脑筋，静静地睡，也许可以早些睡熟。"

陈小姐把整个穿白的身子塞进房间里，脖子仍旧缩着，一双僵红的手拼命地搓揉，又放在嘴边嘘热气，两脚轻轻地跺着：

"天真冷。还是睡吧！"

"睡不着，吃了药水仍旧睡不着。昨晚恨不过，多吃一格药水，结果，人像是睡着了，而精神不肯睡，一切的声音全听得很明白，手脚疲软得不能轻动，那才叫难过呢！所以今天只有听其自然，不敢勉强叫它睡。"

"啊，时候不早了！"

看护打个哈欠，用右手轻轻向嘴上按按，又望望左手腕上的表：

"一点半，嗯，天真冷！"

"你还不去睡？今天值夜班？"

"这么冷天值夜班，真倒霉！不是十四号里的女人生产，谁愿意往外面喝西北风！"

她咕嘟着嘴，坐在炉边，伸手向火取暖。

"倘使有人打铃呢？"

他含笑地反问。

"你们有钱的人，屋子里有火炉，挨在被窝里暖烘烘，也得可怜可怜我们，西北风刮在脸上像刀子，没钱的人也是血肉之躯啊！"

平帆在仁德疗养院已经住了两个多星期，他原没有什么了不得的病，不过患有轻微的失眠症，乘此在医院里修养而已。他生性很健谈，没架子，手面又慷慨，所以那些看护和他厮混得很熟。

"喂，是病人呀！住医院的是有病的人啊！"

"哼！"看护陈小姐从鼻子里吹出一口冷气，"所以我还是坐在这里哪！"她仿佛很悻悻的样子。

"好，我请你喝一杯热的华福麦乳精赶赶寒！"他边说边用小茶匙去挖一只圆罐头的盖。

"不喝了，谢谢你，我还要去看别的病房呢！"她说着站起来。

"忙什么，反正没得睡，又没人打铃。在这里多烘一会儿火暖暖，是血肉之躯啊！"他狡猾地学说。

"咯咯咯。"陈小姐重又坐下去，"好厉害的嘴巴！"

平帆用热水瓶里的开水，冲好两杯热汤，黑黢黢、药汁似的浓汁，又取出几片饼干放在碟子里。

"不厌吃倒胃口，吃一些尝尝看。要不再加些糖？"

"够了，谢谢你。"她又喝上一口，"平先生，你和这里的张医生是亲戚吗？"

"不是亲戚，是我的一个朋友的亲戚。"

"叮叮叮"，轻微的打铃声震破了午夜的沉静。

"又是谁在叫了？"她一口气喝完麦乳精，放下杯子，"谢谢你，我要去了。你姑且睡了试试看！"

"好，明天见！"

"明天见！"随着"砰"的一声把门关上。

平帆用火叉拨拨煤灰，不再添加煤块。他向四周瞧瞧，一切全像死似的岑寂，睡似的安稳，只有床前小桌上的钟，还在"嘀嗒嘀嗒"地推动时代巨轮。

他没有一丝睡意。

窗外的风愈刮愈紧。惨绿色的路灯一晃一晃地摇动。太平间外面，什么东西在嘘嘘地叫。

平帆坐在沙发上捏着一本小说，不过他的注意力似乎不集中在书上，而是那只钟。一忽儿，钟的长指刚走到12，"铛铛"，钟鼓两下。

平帆的眼光陡地一亮，他全神贯注在……

忽然，在不远，也不太近——"捉贼！捉贼！捉贼！"是一个男子的急促颤抖的声音。

平帆立刻奔到窗前，推开窗子，路上黑黢黢没个人影，除了呼呼的风啸以外，没有别的声息。他关上窗子，重又坐下。

酱紫色的窗帘上的流苏轻轻地在摆动。

那奇怪的半夜呼声，凄凉而可怕的呼声，今夜已是第三次听到；在同一个方向，同一个口音，同一个时间，怪事！如果是普通的偷窃，为什么认定一个人偷，连时间全不差？

怪！奇怪！

# 二　张医生的谈话

"平先生讲的故事真好听，陈小姐来得太晚听不着，真可惜！"一个矮胖的看护向走进来的看护陈小姐说。

"平先生的肚子像一本百科全书，各色都有。"陈小姐拘住矮胖子周小姐的颈项，向躺在沙发上的平先生称誉。

"听故事要代价，得请我吃一夸脱太妃糖，今晚我讲个可怕的鬼故事。不过吓坏了小姐们的胆，我可不保险。"

"虽不致像你说的那么害怕，不过晚上听鬼故事，总有些寒毛凛凛。平先生的形容样子，领教过了，还是讲别的。"陈小姐说着，把一只冰冷的手插在周小姐胖颈项里。

周小姐缩住脖子说："鬼手，冷死人！等会子给人捉住脚心，又得极叫救命。"

"陈小姐的痒筋在脚心里吗？"

屋子里嘻嘻哈哈一片春色。

冬天的太阳懒得早起，十点钟了，还睡在云绒被窝里，微睁惺忪睡眼打哈欠。

房门外一阵脚步声。张医生带着看护朱小姐进来。

"密斯脱平，早。"

"早。"

张医生向那两个看护笑笑，先把平帆的病情报告表看一遍，然后才用三个指头按在脉腕上，眼望着自己的手表。

"昨晚怎么样？"

"还是老样子。"平帆摸出一只香烟匣，先让张医生取一支，自己也取一支，"嚓"，烟匣子旁边的打火机一亮，张医生把香烟凑过去。

陈小姐和周小姐随着拎皮包的朱小姐走出去。张医生每次来看平帆，必是最后一个，诊察后常是和他谈谈说说。有时，平帆请张医生出去吃饭，假使他业务清闲的话。

"我明天要上汉口去，这里有卜医生代理。"

"也许，不久我想回家去，这里……晚上……"

"晚上怎样？院里吵闹吗？"

"不，这倒并非。"

张医生像是忽然想起什么，抢着说："真的，你晚上失眠，不知可曾听见什么叫唤？"

平帆的眼光陡地一振，手里的香烟"噗"地落在地上，像感受到一些刺激，忙说："你也听见这半夜呼声吗？"

"叫唤的人我也认得。"张医生说起话来很迟慢、温静，如同十九世纪的大闺女。

"是谁？你也注意到？究竟是什么缘故？"这奇怪的半夜呼声使平帆日夜感觉不安。

张医生慢吞吞抽一口纸烟，向空际一喷，吐成一个个灰白的圆圈。

"半夜的呼声使你晚上更睡不安稳了，是吗？"

"是谁？真使人难以猜测！为什么……"

平帆睁大眸子望着张医生，急欲知道下文。可是张医生那种若无其事的神情，永远没表情，笑嘻嘻的脸，把他的急迫气焰冷落下来。

"……怎么……"平帆张着嘴问不下去。

"是个……疯子啊！"张医生吐出的每个字全有分量。

"嘘！"平帆张开的嘴巴吐出一口长气，"咦，原来是疯子！"

"他是西药业握有权威的严振东的父亲，以前并没有疯病。在军阀时代曾做过一任什么官，后来在上海的公寓生活，抽大烟，弄古玩，什么扶乩，佛教会，做些无事忙的事。致病的原因，据说是为了一只珍贵的表。"

　　张医生把烟尾抛在痰盂里，微咳一下，接着说："他家有一只珍贵的小挂表，据说是苏州吴状元出使德国，德皇威廉第二赠他一对金表。吴状元把一只表给随去的爱妾赛金花。后来状元过世，赛金花下堂重坠风尘的时候，那只金表就随了赛金花离开吴家。她在窑子里大红的当儿，严振东的祖父在她身上花了不少的钱。赛金花也有嫁他的意思，就把那只金表送给他作为定情表记。当时振东的祖父回乡去与妻子商量，预备纳娶赛金花，那只表送给妻子算是运动费，一方面兴冲冲到上海来娶赛金花。不料在到上海的途中，轮船出事，就葬身在黄浦江中了。"

　　张医生略停一下，喝口开水漱漱喉咙："那只表竟成了伤心遗迹！"

　　他喝干了开水，瞧瞧平帆，看他是否听得有兴趣似的。

　　"振东的祖父有两个儿子，大的就是振东的父亲顾斋，第二个叫实臣。分家的时候，实臣分得那只表，顾斋分得一个翠玉砚台。"

219

金黄色的太阳从玻璃窗里射进来，像病人似的衰弱无力。

"后来怎样？"平帆的样子像是很注意。

"实臣很喜欢赌钱，有次，把表赌输给别人，顾斋花了许多钱才赎回来。"

张医生像那些说书人，讲到半中间就闭上嘴不讲下去。

屋子里一篇静肃。平帆合着眼躺在沙发上，样子很安逸。

"据说那只表的样子非常可爱，顾斋花了钱赎回来，当然，表是属于他的了。"

"后来，那只表被人偷去，他就急疯了，我猜得对吗？"急性子的平帆打岔着问。

"不，并不像你猜想的那么简单。"张医生的足尖闲暇地踢踢那只瓷痰盂，痰盂里的水像大江中刮风浪似的一阵波荡，刚抛进的烟尾仿佛破船遇波涛般击打得成为齑粉。

"实臣死的时候遗下一个九岁的儿子叫维德，过了两年实臣的妻子也相继死去，维德就寄养在顾斋家里。七年前的一晚，顾斋和振东躺在烟榻上闲谈，同时，从顾斋纽扣上解下那只表。据说是一只圆形的紫红珐琅表，像一只红熟的李子。顾斋非常宝爱这只表，终日挂在身上，听说有块表坠，是一串玫瑰红宝石琢成的葡萄。振东玩弄一回之后，放在烟盘上，自去睡觉，没有隔多少时间，忽然，邻家大呼捉贼，顾斋忽忽走出，老年人脚步不稳，踏个空，从三层楼直跌到二层楼，震伤脑筋，就此发疯。"

"那只表呢？"

"就此不翼而飞。"

"那时维德在家吗？"

"我没有问他，不知道，听说那时振东的境况很窘，家里除了一个大姐之外，家务全是振东的夫人自己动手，所以绝没有外人偷去。可是那只表就在这晚振东曾玩弄之后，从此不曾见过。"

平帆合上眼，手指插在发根爬抓。他沉思的时候，往往有这样态度。

"你和严振东很熟悉吗？"

"后来他囤积奎宁和别的西药，狠发了一票财。我也是朋友介绍向他买西药才认识的。后来，他们家里大小有疾病，都来找我医治。现在每天要去看他父亲的疯病。"

"他疯病的程度怎么样？"

"据说，初起时很厉害，大叫大闹，不吃不睡，后来渐渐地好了。最奇怪的是大烟瘾不戒自断。平常不发病

**221**

的时候，他一个人坐在房里，看看佛经，拜拜佛，像常人一般吃、睡，不过不出房门，不大见亲友，有人到他房里去，他并不像一般疯人的吓人。发病的时候就不吃不睡，一天到晚在房子里踱方步。最近忽然变样，半夜里要大喊捉贼。"

"哦，原来如此！"平帆又合上眼，不住地抓头发，"今天你仍旧要去吗？"

"今天不去了，我已经和振东说过，要等汉口回来后再去。好在这种病不比急病，过一星期也没大关系。"

"我有个朋友买进一票西药，他想脱手，曾托我找寻户头，过几天托你介绍见见严振东，和他接洽接洽看。"

张医生立即从皮包内取出一张名片，放在小桌上："他什么时候想去，只要说是我介绍的就得了。"

"嗯，他们是几……号？"

"一百四十四号。"

# 三　不速之客

仁德疗养院向左六七家，有一幢——同式的共有六家，这是最右面的一幢——新式小洋房，前面有块长方形小草地，穿过草地，跨上三步石级，就走进一间很精致的客室。客室里放着三只彩色丝绒沙发，围住一只半尺高的柚木小香烟桌，桌上有一只铁的圆筒形的罐、一尊小型钢炮。地上铺着厚厚的地毯，窗沿上放着两盆兰花，芬芳气充满一室。

会客室里坐着个身材伟大，肩胛宽润，目光灼灼如流星的人。他很闲暇地坐着。一忽儿，屋主人严振东出来，他是个三十多岁的壮年人："啊，这位就是平先生？"

他手里捏着一张名片，名片后面写着一行小字：

兹介绍鄙友平帆君造府诊察尊大人病状，

平君为研究神经病专家。

　　此致。

　　　　　　　　　　××君


　　"张医生已经到汉口去了吗?"振东在平帆对面坐下,把一只紫铁圆匣子上的机钮一捺,一阵子叮叮咚咚八音钟声音,圆门打开,有个西洋美人怀抱着一支卷烟,不停地甩大腿,振东取下卷烟敬客。那个美人回转身子,圆门随着关上。振东又捺了一下,自己也取了一支,才把那只小钢炮的炮口对着客人向炮门一拉,炮口有一阵青烟,之后是一点小火,燃旺了宾主的卷烟。

　　这位主人很有些"世界交际"手腕,先用美人,后用大炮,极尽"亲善"之能事。假使有一个胆小的乡下客人,看见这种招待,怕得会丧魂落魄地极叫救命,而辜负了"亲善"的敬意呢!幸得这位平帆先生见识很广,一切全坦然接受。

　　"张医生前天去的,"平帆回答,"尊大人的病况,已经有张医生讲个大概,近来有什么别的现象吗?"

　　"以前发病,不过是不吃、不喝、不睡,呆呆地坐着或是打圈子走方步。最近半个月来,有些变态,不吃、不喝、不睡之外,到晚上还要怪声大叫,满脸惊悸的神色。"

"对于这种病症，一方面靠药力挽救，一方面得细细研究他的心理，力能见效。"平帆说时，眼睛微微一合，左腿搁在右膝上轻轻摇动，十足是个经验丰富、见识广博的学者。

"不错，不错，全仗平先生的大力！"

"最近可有什么意外刺激？"

"不会有的，无论什么大小事，我们都不去对他说。他也终日关上门住在房间内，点香，看经，不管外事。"

"起病这晚的情形，可以详细地再说一遍吗？"平帆把烟尾揿在旁边的黑奴烟盘里。

振东拿起一杯红茶，喝了一口说："这天晚上，大约一点多钟，我躺在烟铺上陪他老人家闲谈。谈起那只李子表，维德很想要回去。我的意思给了他算了，可是他老人家以为那时如果他不赎回来，早已属于他姓，他可以向谁去讨取？当时我从他衣襟上解下那只表，玩弄了一会子，就放在烟盘上，自去睡觉。"

振东抛去了烟尾，又揿动那只香烟盒，先敬一支给平帆，再捺一下，取了一支，燃上，才接下去说："睡到床上不到十分钟，后弄有人怪叫一声'捉贼'，当时我也懒得起来，听见楼上老人家跶着拖鞋行动，忽然从扶梯上跌下来。"

平帆合上眼，许久不响。嘴上叼着的香烟，有三四分长的烟灰也顾不得去弹落。

振东也只顾吸烟，不说话。

只有角隅一架落地大钟在嘀嗒嘀嗒的。

"你听见的脚步声，只有一个人呢？还是许多人？"

振东略一思索，就回答："的确只有一个人。"

"跌下来之后，神志可清楚？"

"我扭开甬道里的电灯，看见他躺在地上，头枕着梯级。我扶他起来，问他有否受伤，他对我摇摇头。后来我和内人扶他到楼上去睡，我还装一筒烟给他吃。吃过之后，他还叫我到桌上把表取来，可是我和内人找寻也不见有表。一告诉他表不见了，不料他瞪着眼大叫'有鬼有鬼'，就此疯了！"

"听说有位令弟……与……他在……家……"

"维德吗？他住在学校里，要星期六才回来。"

"家里可有贼的踪迹？"

"根本没有贼！门户关得好好的。"

"叫捉贼的是哪一家？"

"不知道，后来也没有听见谁家贼偷。"

平帆合上眼睛，像睡去一般。

"那只表有多少大小？"

振东向他瞪一眼，仿佛说：即使是小表，也不致会吞下肚去。

"形状大小，活是一只桐乡榜李，上有一个小金弯柄，周身的溜滚圆，外面是紫色的珐琅，打开来有指顶大一个表面，白底蓝字，12这个字是大红色的。玻璃外面有圈金的瓜轮花纹，一切机件就在这花纹上，合上圆盖，不像是只表。八九年前，女人还不兴在大衣上挂表，所以这只表的式样很特别，亨达利修钟表的人也说不曾见过这种表呢！"

"他房内你可曾细细找过？"

振东犹豫不答。平帆立即说："严先生或许要想：这些问题是侦查表才用得到，现在的目的是为病，不必注意这些。不过鄙人以为当时也许他瞧见什么，否则，别人叫'捉贼'，为什么要他走出来？"

"他发疯之后，我们立即送他到医院里。他的房间里，我和内人都细细找过，其他的书画、古玩全在，唯独不见这只表。"

"后来，他比较清醒的时候，可曾提起那只表？"

"病过之后，一切记忆力都丧失。"

"我可以上去看看他吗？"

"啊，好，不过他不大理睬人。"

平帆随着振东走过甬道，就是楼梯，半楼梯亭子间是振东的女儿珍珍和一个女用人睡，二楼正房振东夫妇作为卧室，后面小间给一个新生的婴儿和奶娘住。三楼亭子间锁着，从二楼到三楼有十三级扶梯，走上扶梯，式样完全与二层一般，一条甬道，一间浴室，一间后房——门上加锁，正间就是顾斋的卧室，房门上镶着块大的麻花玻璃。

甬道里黑黢黢的，白天和黑夜差不了多少，人走在甬道里，随着脚步有一阵空虚的回声，如同后面蹑随人。墙壁上挂着一条条蜘蛛丝和尘须，垂柳似的飘摇。浴室里奔出一只老鼠，并不避人地向晒台方面窜去。不知从哪里吹来一阵风，"嘘嘘"使人寒毛直竖。

振东把门球一掠，推进去，就有阵扑鼻的香灰气和老人味。

室内烟气缭绕，光线很弱。沿街一排六扇短窗，悬着黑色防空窗帘，像有十年不掸灰，窗帘上蒙着波浪形的黄灰。一进门口有一个老式的红木衣架，挂着许多单、夹、棉等袍子。墙西面是一张半床，与那扇门正是东半球与西半球的遥遥相对。沿窗有靠椅和茶几、写字台——不若二层楼有阳台，倘使用只小梯，可以通东面的邻家。墙东面是一口大红木书架，堆着许多《前汉书》《后汉书》《石林奏议》《金石书画录》……厚厚盖着黄尘，正像新娘面上披的白纱，使人有隐约欣赏，格外娇艳的姿态。

正中是一只大红木八仙桌，供着一个六臂狰狞的古铜藏佛，台上散摆着玉佛、玉牌、钟、鼎、尺页、手卷，强上挂着一幅罗道子的朱笔钟进士——冬季悬钟馗不是应景，许是辟邪。桌边有只落地大香炉，三支香正在袅袅娜娜地缭绕空际。香炉边有个消瘦拱背的人，向偶像不停地叩头。

在世界文明的今日，膜拜偶像似乎是愚昧的举动。不过这种膜拜是有形的，偶像是有质的，可惜许多知识阶级也会崇拜无质的偶像，那才可叹呢！

振东等他拜好之后才叫："爸爸，今天午饭吃过了吗？"

"啊，啊……"这种回答不能确定他是"是"，或是"否"。

老人消瘦的脸孔很惨白，颧骨高高地耸着，胡须略带灰白，眼睛向外突出，光彩很迟钝，稀稀拉拉的灰头发半披在脸孔上。他看见平帆进来，也不招呼，似乎一切都与他全然无关，只一眼不瞬地望着他们。振东与平帆坐到窗边靠椅上。

三个人大家不动不言地坐着，突然，那病人侧着头，瞪住眼，像听见什么。

"喏，喏，鬼！鬼！贼！贼！"

他满面惊慌，手指颤抖，指着天花板，又指指房门。

平帆随着他的手指，只见天花板上光溜溜的泥顶，裂缝也没有一条,连老鼠头也钻不出,哪里可以躲贼?不过当一个暗沉的冬天下午,在黑暗战退光明的屋子里,一阵阵烟气缭绕,对面是这样一个半人半鬼的病者,不由得不使人觉得毛发直竖。

振东轻轻地向平帆说:"我们下去吧。"

平帆默然随着振东出来,指着锁好的后房间:"这里没人住?"

"没人住,专门堆积杂物的。"

平帆走进浴室,暗沉沉没有一丝阳光,捩开电灯,那盏五支光的灯泡上满布着许多尘灰和蛛丝,所以格外昏沉沉,暗测测。浴室里空洞洞,什么也没有。平帆咳一下,里面"嗡"一声回响。平帆退出浴室,捩开甬道里的灯,看见屋顶上有一方块洞门,中间是一块刷白粉的板。

平帆指着方洞问:"这是什么?"

振东对于这地方,显然住了八九年没有注意过,思忖了一回,恍然说:"我知道了,我们这里的电灯都是暗线,这地方是穿藏电线的总所。"

平帆又走上晒台。晒台门开在西边,适在亭子间上边,三面临空,西边是一家堆积木料和杂物的空场,北面是后弄,南面是家里洗衣裳的小弄,并不与人家连接。他看过之后,重行与振东走至楼下客室。

这时，振东的夫人已经回来，客室里长沙发上有一个紫黑脸色、眼眶子向内凹进、眼睛尖锐、精神充足的青年，穿着一件黑羊皮短外衣，和振东的九岁女孩珍珍玩笑。见他们下来，略欠身子，向平帆点点头。

"这是维德，"振东向平帆介绍，"这位是张医生介绍来的精神病专家平帆先生。"

振东的夫人送上两盘点心，和大家围坐着吃，平帆一边吃点心，一边很注意维德的举动。这时，珍珍拉开维德皮外衣上的拉链，攀开衬衫，把一只冰冷的小手插在他颈项里，维德脖子缩下去，用手哈抓她的胳肢窝。

"维德先生新从南方来？广州？还是？"

"厦门！"维德的声气很沉着，可是带一些疑虑——来客第一次会面，怎么会知道他的来处？不过一忽儿也解决了，也许是振东告诉他的。

"现在和令兄住在一起？"

"不。"粗犷而简单的回答。

"就在间几个门面，新近顶的三层楼全面。"

"啊，现在顶一个楼面比较从前造一幢房子还贵！"振东的夫人接着说，"珍珍，别和叔叔顽皮！"她夹了一个酥给珍珍，"出去玩玩。"

珍珍跳跳跃跃地出去了。

维德伸手按揿着香烟匣上的机钮，一阵子叮叮咚咚，他燃着一支卷烟，很闲暇地抽着："平先生，你看我伯父的病，有恢复知觉的希望吗？"

"慢慢地来，"平帆眼睛微合，睁开来，露出一股光芒，"可否以后让我随时考察他的病情？"他转向振东说。

"费心费心，"振东感激地说，"不过要破费先生宝贵的时间，很过意不去。"

"哪里，哪里，大家全是朋友，"平帆谦虚着，"我对于研究精神病人很有兴趣。"

"我也有同样的嗜好，改日要向平先生叨教呢！"

"叨教不敢当，大家研究研究！"

# 四　无事忙

　　自从第一次视察疯人以后，平帆差不多每天都去，遇着振东有事，振东的夫人就陪着他一同到三楼，与疯人一起默默地坐上两个钟头。振东夫人看他不像张医生那样地用听筒、验瞳孔手续。她看他那种默坐的神气，以为他也是一个有神经病的人。振东却以为一个研究精神病的学者与医生不同，尽不妨有古怪的举动。如果她不愿意陪他，让珍珍陪他也得。所以后来全是珍珍和平帆作陪，平帆反而觉得自由便利了许多。

　　有一天晚上，十二点钟以后，天上忽然飘飘扬扬降下一场大雪，霏霏蒙蒙，像是半空里在弹棉花，又像撒下粉屑，使那批无衣无食的穷人可以做件新棉衣御寒，做些糯米食充饥。可是捞在手里，这种"亲善"的美意有些"不敢领教"，它使穷人格外冷，格外苦！

这场大雪直落到次日上午九时才止。

十一点钟的时候，太阳拂开灰色的寒云，照射在银装玉嵌的屋面上。大地是那么美丽，洁净！白雪掩盖着破屋子颓废的形态，可是掩不住人类丑恶的形迹。填满了路上凹缺的部分，可是填不满人间的缺憾。

疗养院里小花园的草地、矮树、假山石，全披上厚厚的一层白沙。

许多看护小姐正嘻嘻哈哈在捏雪球掷人。

平帆倚在窗口，看着很有趣。有个看护小姐，捏了一个雪球，对着窗子掷来，可惜手劲太小，不到一半就跌了下来，又是一阵哈哈哈。

午饭以后，平帆忽忽出去，直到傍晚才向疗养院的大门走来。

"平先生今天穿中装！"走廊上一个看护望见他进来，向她的同伴说。

"这又要大惊小怪，穿了西装，就不能穿中装吗？"

"不是这样讲，方才出去的时候是西装，现在换中装。我正要告诉你，方才我买了东西回来，在一四四号门口，看见一群穿制服调查防空的人，内中有个穿中装的，真像平先生，我几乎脱口叫出来。现在见他也穿了中装回来，不觉奇怪了！"

"真见鬼，倘使你冒冒失失去叫别人，那才是笑话呢！"她的同伴咕噜着，一面不停手地在结绒线，"又要调查防空，我们这里倒不来！"

"平先生，方才我看见一四四号里调查防空。"那个看护等平帆走到她身边，故意向他取笑说。

平帆不由暗暗一震，讪讪地笑说："我在朋友家里打Show Hand 沙哈，你说我在做什么？"

两个看护一阵哈哈大笑，平帆借着她们的笑声向房门走去。

# 五　疯人的屋子里

冬天的西北风残酷而贪婪地向人威胁着，吼叫着。一到晚上，就格外凄厉、凶暴。人们怕它的淫威，都早早地钻进被窝去温他们的甜梦。一到十二点钟，街上除了鬼火似的路灯之外，就是刺骨的寒风。

一百四十四号屋子里上下全是漆黑，连得常是不睡的疯人，今夜也特别好睡，一些声息全没有。

他屋子里吊着的三个黑窗帘，被窗缝里的风吹拂得索索抖。中间的窗口吊着一把鹰毛扇，路灯把它的影子照在墙上，像一只大鬼手，作势攫取睡在床上的疯人一般。

疯人睡着没声息，屋子里阴森森，冷气很大。

忽然，门球轻轻一转，"嘘溜溜"迎面一阵冷风，黑暗里有个大的黑物——没有头没有手足——爬进了疯人的房间，在那黑圆怪物的中间，有一只闪光的小眼睛，不断向各处扫射。这团黑物在屋里各处滚转，像在找寻它的目的物。

门外微微一响，那团黑物，愈伸愈长，愈缩愈瘦，向门边衣架后消失。那时候，"咔咔"房门轻轻吹开，有个大头鬼闪光脸从空中垂下来，走进屋子，向睡着的疯人走去。

同时，睡在床上的疯人，也像知道有鬼怪走进屋子，猛地从床上跳起，向大头怪扑来。大头怪举手遮隔，疯人在大头怪手腕上猛噬一口。大头怪微吼一下，举起闪光的长臂，在疯人头上猛击一下，疯人乖乖地躺下去。大头怪捞出一块白布掩盖在疯人脸上，又加上许多枕头、被头压着。

大头鬼先搜查写字台抽屉，再在书架、衣架、藏佛的神座全搜寻到，一无所有，垂着头仿佛很懊丧失望的样子。忽然用桌上钳蜡煤的火钳在大香炉里搅钳，钳了许多时候，火钳上有一串东西，大头鬼立即藏在身边。

# 六　相见礼物

"嗒嘀"，司必林锁一响，拧开电灯，随着是一声："咦！"

"哈，维德先生，对不起，我来的时候恰巧主人公在办'肃清'工作，我因为外面天冷，所以不等主人允许，擅自坐在屋子里等你了。"平帆斜躺在一只钢臂沙发上。

维德也不开口，伸手到门后挂着的大衣里，候地拔出一支手枪，指着平帆："鲁平，咱们井水不犯河水，各干各的，你黑夜到我家里来，想做什么？识相些，快走，以后别再管闲事。"

鲁平哈哈一声大笑："鲁平？哈哈，小孩子也认识鲁平！"他哈哈大笑，又干咳一声，从怀中抽出一只烟匣，从容取出一支纸烟，若无其事地吸他的纸烟，"你既然认识鲁平，还不放下玩具，闹什么把戏？这种东西是孩子们新年里向城隍庙里去买来玩的，你竟把他当真用，哈哈，笑话！”

维德把牙齿一挫，指着半开的门：“走，快走！否则，要你的好看！”

“好看？什么好看？我来形容给你听，你把手枪一扳，‘啪’一声，枪口冒出一烽烟一个黑枣子钻进鲁平的脑门，鲁平躺下来，脸上挂着一条黑血，完了，好看吗？”他又打着哈哈，“既然知道是鲁平，鲁平会剩一管实弹的枪给你玩弄吗？嘿，笑话！”他近乎自语地说。

维德听他这么说，拉出枪膛一看，果然是空枪膛，握枪的手唰地垂下来，随手把门关上，颓然倒在对面沙发上，手握着头发，脸藏在胳臂弯里。

“孩子，怎么样？”鲁平打趣地说，同时打开自己的香烟匣授给他，“别着急，我们要谈的话多呢！”

维德接过香烟吸着：“你来的目的是什么？”

“先不要问我，你怎么会知道我是鲁平？”

“看看你左耳上的标记。”

“嗯。”他伸手摸摸那一块橡皮膏贴没的痣。

“第一次你见我，就问我是从南方来，我觉得很奇怪，因此立刻注意你。后来到外面去细细一打听，把你的形状一吻合，不是鲁平是谁？”

“好乖觉的孩子！”

这两个人的谈话，不像是刚才曾经拿枪相对，他们简直是好朋友。

“这有什么奇怪，你的脸色与颈项里的颜色完全两样，这就是你曾在热带上的标记。”

“先生的来意——是——”维德这时已经不像先时那么倔强。

“来意？来意是这样，你愿意自由呢，还是愿意拿方才大香炉里取出来的一只表交换？”

“怎么！你方才也……”

“不错，我比你先到一步，我看见他咬你，也看见你用那大电筒敲他脑门。在你掸香灰的时候，我才走下去，你是上的四层楼，楼梯难走，走得慢。我是出后门，进后门，平坦大道，走得快，所以比你先到，倒空了你的枪膛。不一会儿，你也回来了。”

“不交给你怎样？”维德带些孩子气，“你……是鲁平……”

“不错，一个大窃贼，一个大窃贼可以证明一个行凶的人失却自由。”

“你冤枉人，有什么证据？”

“你咬伤的手腕，他被窝上的血迹，还有那软梯，你墙上的木梯，四层屋顶上的脚印，都可以使你银铛入狱的！"

维德懊丧地坐着，拿脚尖不住地踢玻璃圆桌的钢脚。

"给你。"他从怀里摸出一串金链，底下系着一颗龙眼大小、紫红色的表，一根翡翠表链，提着一块玫瑰红宝石坠。

"表是给你了，不过，可不可以请你告诉我，怎么会知道我要去寻表？"

"可以可以，同时我要你先把过去的事详细说一遍，怎么会造成这样一个局面？"

"表的历史，大概你已经知道了。先父把表赌输的时候我年纪尚小，后来先父死了，先母切切嘱我非得把那只表赎回不可。她的意思，仿佛是伯父用卑劣的手段驱父亲去赌输，伯父赎回之后，先母要向伯父赎回，伯父对她说，还是放在他那里妥当，免得他以后再赌脱。不料先父死后他仍旧不还，先母去问他，他瞪着眼睛说，那时如果没有他，早已是别人袋里的东西，现在能够仍旧保守在严家，全是他的功劳呢。先母就此闷闷不乐地死去，临死时嘱我非弄回来，她死不瞑目！"说时维德一脸痛苦，接着：

"先母死后，我就寄居在他们家里。振东的为人很大方，不过我这位伯父又吝啬，又自私，我曾经和振东说过要赎回这只表，他一口答允在伯父前代作说客。就是

241

在这晚，出事这一晚，这晚我恰巧与几个朋友在跳舞场——这种地方向来不涉足，时光太晚了，回学校不便，就走回家里——我是有后门钥匙的，一看他们都睡了，就轻轻蹑脚走到三楼。从前我睡在伯父后间，就是现在他们囤货的房间——见他房里有火，而且有振东的声息，正想推门进去，却听见振东在说起我想赎回表的事。我觉得立刻推门进去，不大方便，所以站在外面，听伯父怎么说。"

维德说得很疲倦，躺在沙发椅背，把脚搁在玻璃圆桌上。

"我听见伯父不答允，而且说，倘使我也有父亲的遗传性，把表赌去怎么办。不如现在不还给我，将来传给振东，永远遗传给严姓子孙的好。无论如何，他目前决不能还给我。当时，我听了非常恨，总要想个法子弄弄这个自私的人才好，正在不得主意，听见振东说要去睡了，我就躲进浴室。等振东下去之后，才默默地坐在房里，愈想愈恨。你要知道，我读的是化学系。当时就想出一个法子，不过是吓吓他，出出气的意思。"

他的脚一动，跌翻了圆桌上的水杯，他赶快扶起杯子，接下去："我拿了一瓶磷，一支毛笔，在楼梯头顶，用磷画上一个鬼脸，走下去，想出个法子，使他走出来见那墙上的鬼脸才好。我走到楼下，把纵火门一关——

242

这时振东房里已经没有火，只有他吃大烟的人还开着电灯抽烟，总门关脱之后，就在后门外沿尖嗓子喊一声'捉贼'。原想火一暗，他会出来叫人，才能看见那鬼脸，不料老年人经不起吓，就会跌倒的。当时我一听见闯了祸，赶快去揿开总门，轻轻溜出去，在朋友家里住了一夜，直到星期六才回家。我看见伯父已经吓疯，李子表也不见了，自己觉得很懊悔，不等到毕业，就随了朋友动身到厦门。"

他说毕，望着鲁平的脸。鲁平合着眼，像是睡去一般，不过他嘴里叼着的那支烟，红的一圈火印，是在竭力向上烧。

大家全不开口，屋子里很沉静。

"上月我从厦门回来，看见振东的事业很发达，伯父的疯病也比我去的时候好，我也安心了。日子过得一久，对于那只表的心总不肯死，恰巧我屋顶的三楼，上面也像那面一样有个洞，那边的洞我看见电灯匠上去，我也随了走上去过，只知道通邻家，不知道六家的屋顶全可以走得通——有次我向朋友借了一只梯，爬上去，竟走到伯父的甬道，望见他在屋子里打转。于是我去弄了一只软梯，做了一个假面具，面具上仍涂上磷，在半夜二点钟的晨光，从洞里垂下去，在玻璃窗外面吓他。我以为那只表一定是他自己藏过，假装疯病骗人的。"他说毕，从口袋里掏出一只布做的面具和一具大的手电筒。

"自从第一次见你，我的灵魂上有种不自知的预兆，觉得应该早一些动手，早些离开这里。"

鲁平倏地睁开眼睛，射出一道光芒，维德的眼光接触着，像斗败公鸡似的垂下去。

"鲁平先生，可否请把你的故事讲出来？"

"嗯。"鲁平欠了一欠身子，"我在医院里，每夜听见有人叫'捉贼'，觉得非常奇怪。后来张医生告诉我这故事，就打动了我的好奇心。第一次考察，可说完全无头绪，第二天去查也没把握。直到第三天，才在甬道里发现一件奇事，原来甬道上方架子里盖的那块板有块腰圆木心，我明明记得昨天是长形横在南北头的，而这天那圆心却是向东西方了。于是默默记着，过了一天，圆心又是横放向南北。嘿，我知道一定有人从上面下来。"

远远里吹来一阵车轮声，滚破了沉静夜的。

"我派人调查邻近人家，觉得犯嫌疑的成分你最多。又假装了调查防空，一家家去察看，六幢房子，只有第一家与最末家有那样一个洞，所以我断定是你从中作怪。当我一听见振东所说的，就断定那只表并不被窃，一定是顾斋性急慌忙，放在什么秘密的地方，发疯之后知觉全失，不记得放的所在了。我坐在他房里，希望他在不知不觉中流露出一些预兆。因为一个有精神病的人，完全知觉虽失，而局部的神情，有时会露出他的动作。今夜你来以前，我已经在他吃的杯子里，倒了两格我吃的药水。你来的时候，药性已经过去，所以把你咬上一口了。"他觉得喉咙有些干燥，微微咳一下。

"你在衣架上搜的时候，我暗想，幸得我早溜出来，不然给你一摸着就有些不便了。"

# 七　尾声


新闻报馆有人送上一封信和一只义卖的圆形金表，信上这样写着：


诸位先生：

这只表在我们家里，已经传了三代，虽不是什么无价之宝，可是也有一些历史上的价值。这只表是德皇威廉第二赠送给吴状元，状元夫人赛金花曾一度佩戴，后来移送情人，转侧传到我们手里。

我们曾在报上看到那个贷学金的家长写的一篇，说他以前也是有产阶级，有汽车。不料现在他儿女的学费要向报馆贷借，甚悔当时不曾先资助别人，那么现在受别人的资助，内心痛苦也可以减少些……看了这篇，觉得在人潮中间，谁能保得永久富贵安乐？天有不测风云，安知日后不步到这人的后尘呢？

现在学费如此高贵，正不知有几多莘莘学子要失学，想到这些，我们愿割爱捐助，尚望能够，有钱的人亦能捐些出来，为公为私都是对他们自己有福的，因为这比烧香念佛实惠得多了！

　　敬祝

　编安

　　　　　　　　　　无名氏

**图书在版编目（CIP）数据**

蓝色响尾蛇／孙了红著. -- 北京：中国文史出版
社,2021.7

（孙了红侦探小说系列）

ISBN 978 - 7 - 5205 - 2476 - 6

Ⅰ．①蓝… Ⅱ．①孙… Ⅲ．①中篇小说 - 小说集 - 中
国 - 当代②短篇小说 - 小说集 - 中国 - 当代 Ⅳ．
①I247.7

中国版本图书馆 CIP 数据核字（2020）第 270234 号

整　　理：清寒树　旷　野
责任编辑：薛媛媛

出版发行：**中国文史出版社**
社　　址：北京市海淀区西八里庄路 69 号院　邮编：100142
电　　话：010 - 81136606　81136602　81136603（发行部）
传　　真：010 - 81136655
印　　装：北京新华印刷有限公司
经　　销：全国新华书店
开　　本：720 × 1020　1/16
印　　张：16.5　　　字数：130 千字
版　　次：2021 年 7 月第 1 版
印　　次：2021 年 7 月第 1 次印刷
定　　价：59.80 元